三河雑兵心得

関ヶ原仁義（上）

井原忠政

双葉文庫

目次

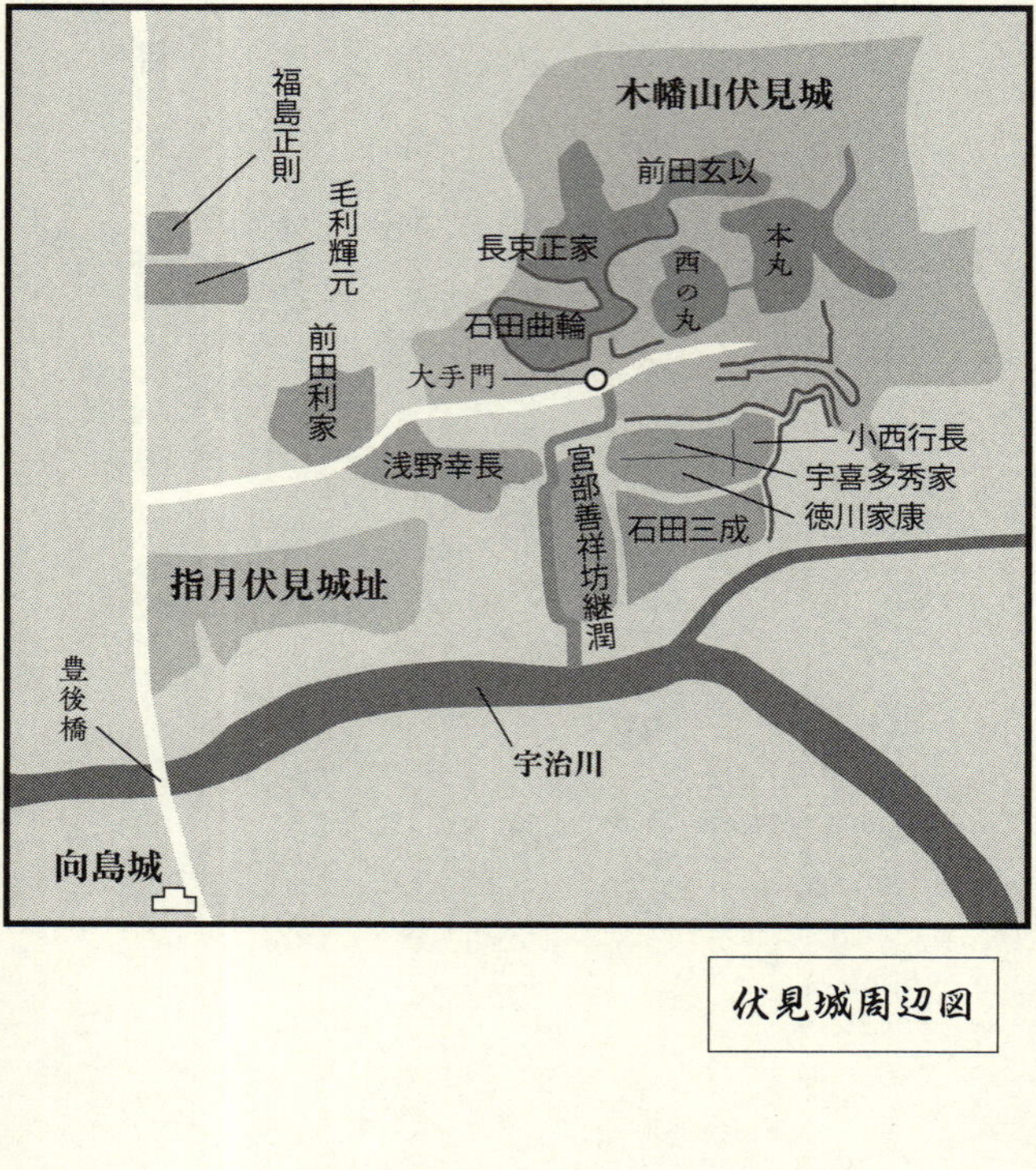
木幡山伏見城
前田玄以
本丸
西の丸
長束正家
石田曲輪
大手門
福島正則
毛利輝元
前田利家
浅野幸長
宮部善祥坊継潤
小西行長
宇喜多秀家
徳川家康
石田三成
指月伏見城址
豊後橋
宇治川
向島城

伏見城周辺図

三河雑兵心得　関ケ原仁義（上）

序　章　秀吉薨去《ひでよしこうきょ》

「よお茂兵衛《もへえ》、久しいのう。ハハハ、息災であったか？」

ひょろ長い体軀の老人が、親しげに左手を振っている。日に焼けた顔をくしゃくしゃにして笑うのは、旅装の乙部八兵衛《おとべはちべえ》だ。彼は還暦を迎えた今も、徳川の隠密として精力的に動いているらしい。

（たアけが……なにを嬉しそうにしとるんじゃ）

植田《うえだ》茂兵衛は、因縁浅からざる乙部からの呼び出しを受け、供も連れずに指月《しげつ》伏見城《ふしみじょう》の廃墟へとやってきたのだ。

（俺は別に、八兵衛の野郎を朋輩《ほうばい》とは思うとらんわい。腐れ縁だがね。別に好きで付き合ってるわけじゃねェわ）

茂兵衛は内心で辟易《へきえき》していた。そもそも乙部との出会いは最悪だった。茂兵衛が十七歳の頃、三河国《みかわのくに》は御油《ごゆ》の辺りでいきなり殴られ、親父の形見の槍を奪われたのだ。さらに現在は、茂兵衛にとって生涯でたった一人の想い女、綾女《あやめ》の情夫に収まっているそうな。乙部に対しては、好印象を持てる要素が一つもない。

指月伏見城の廃墟──二年前の慶長伏見大地震《けいちょうふしみおおじしん》でこの城はあらかた倒壊した。完成したばかりの贅《ぜい》を尽くした居城が倒壊する──城の主人にとっては、験《げん》糞《くそ》悪いこと甚《はなは》だしき事態だ。天下人豊臣《とよとみ》秀吉は激高し、麾下《きか》の役人たちを怒鳴りつけたという。

「阿呆ッ。豊臣の威信をかけて新たな城を築けや！　ちいとでも遅れたら、おみゃあら全員、生皮を剝《は》いだるがや！」

奉行たちは震えあがり、突貫工事で指月伏見城の北東四半里（約一キロ）の木《こ》幡山《はたやま》に、新たな城を築き始めた。で、地震のわずか三ヶ月後には本丸を完成させ、さらに半年と少しで天守と御殿まで完成させてしまったのである。秀吉が新城に移り住んだのは慶長二年（一五九七）の五月四日だから、なんと地震から一年も経っていない。蓋《けだ》し、恐怖は人を走らせ、恫喝は奇跡をも起こす。

「なんの用だら？」

茂兵衛が不愛想に質《ただ》した。

「や、今夜は七夕だなァと思ってよォ」

「たァけ。その面《つら》で気色の悪いことを抜かすな」

「へへへ、おまんはそうゆうが、綾女はこの面を気に入ってくれ……あの」

乙部が言葉を飲み込んだ。茂兵衛の鬼の形相に気圧されたのだ。

「八兵衛。今度綾女殿の話をしたら……殺すぞ、おまん」

「す、すまん。へへへ、ちいとばかり調子に乗り過ぎたわ」

乙部が、すまなそうに愛想笑いで応えた。

本日慶長三年七月七日は、新暦に直すと八月の八日だ。まさに盛夏で暑い盛りである。周囲の森では、夏蟬たちが「ミンミンミン」と、けたたましく鳴き交わしていた。

「でもよォ。綾乃《あやの》殿の祝言《しゅうげん》、ワシがおまんの代わりに、ちゃんと見届けてきてやったんだがね。少しはありがたいと思えや」

先月中旬、茂兵衛の一人娘である綾乃は、入り婿《むこ》を迎えた。知行千八百石の家の次男坊で、大岡弥左右衛門《おおおかやそうえもん》という男だ。祝言の後は、植田弥左右衛門とでも名乗っているのだろう。

（植田弥左右衛門だと？　なんだか、七十過ぎの爺様《じい》のような名前だら）

なんでもかんでも不満に感じる花嫁の父であった。

「立会人は本多平八郎《ほんだへいはちろう》様で、なかなかええ祝言だったわ」

「ほ、ほうかい……」

いつまでも怒ってばかりはいられない。

「み、皆に迷惑かけたのう」

娘の祝言に立ち会えなかった父親が、悲しげに頷いた。

もちろん、茂兵衛にも言い分はある。実は最近、秀吉はめっきり弱っている。いつ死んでもおかしくない。秀吉が死ねば権力の空白ができる。激しい政治闘争が予想され、家康《いえやす》は伏見からは離れられない。となると家康の側近と護衛役を兼ねる茂兵衛も「たかが娘の祝言ぐらい」で伏見を離れるわけにはいかなかったのだ。

「おまんの婿殿はよォ。なかなか賢そうだが……あれ、少しだけ出歯《でっぱ》だなァ」

「お、男は面じゃねェからよォ」

「でもよォ、ワシの経験からすれば、出っ歯の男は嘘つきで女癖が……あの、どうした？　まだ怒ってるのか？」

乙部が再び怯えた。

「い、今さら……そうゆうのはもうええから」

怒りと切なさがこみあげてきて、また乙部を睨みつけていたようだ。同じ不安は、もうここしばらく茂兵衛の頭の中で反芻《はんすう》し尽くされている。女房の寿美《すみ》を始めとして義弟の木戸辰蔵《きどたつぞう》から甥の植田小六《ころく》まで、茂兵衛以外のほとんどの親族が、口をそろえて「弥左右衛門はええ」と褒めちぎるのだが、茂兵衛には、どうしてもあの容貌が、不実な人間性を表しているように思えてならない。

（ただ、そもそも綾乃の方が惚れとるんだから、どうしようもねェわなァ。ま、夫婦《めおと》なんてものは本人同士さえよけりゃ、傍からどうこういう筋合いでもねェからなァ）

ま、結局は、そういうことだろう。植田家と大岡家は駿府《すんぷ》時代に屋敷が隣同士だった。綾乃と弥左右衛門は幼い頃から一緒に遊んだ仲で、互いに気心が知れている。その上でなお「夫婦になる」というのだから、これはもう綾乃を——というより二人を信じ切るしかあるまい。

ピー——ヒョロロ。

茂兵衛と乙部の頭上を数羽の鳶《とび》が舞っている。

指月伏見城の跡地は閑散《かんさん》としていた。今はなにもないただの丘だ。二年前まで瀟洒《しょうしゃ》な城が建ち、綺羅星《きらぼし》の如き武将たちが闊歩《かっぽ》していたとは到底思えない。木幡山伏見城の築城が早かったのは、この指月伏見城や破却した聚楽第《じゅらくだい》から資材をとことん調達したからである。すべてを木幡山に持ち去った結果、現在ここには蝉の声以外はなにもない。足軽の一隊が槍を担いで巡回しているだけである。

「秀吉公なァ、あれ、そろそろだそうや」

乙部が顔を寄せて声を潜めた。どうやらここからが隠密の乙部らしい本題のようだ。耳目《じもく》を気にしないで済む城の廃墟を、わざわざ選んで呼び出したゆえんであろう。ちなみに、乙部の上役の二代目服部半蔵《はっとりはんぞう》は一昨年に病没した。今は嫡男の三代目服部半蔵が父の後を継ぎ、隠密の元締めとして乙部を指揮している。

「おまん、実際に病床の秀吉公を見たか？」

「うんにゃ、見とらん」

茂兵衛は家康のお供で幾度か木幡山伏見城に伺候している。ただ病室には家康一人が入るから、茂兵衛は病床の秀吉を一度も見ていない。

「今月からは政《まつりごと》の進め方が変わるそうだら。年寄衆と奉行衆の合議制でやっていくそうな」

「合議制？」

七月に入って、秀吉後の政権構想が示された。最高意思決定機関としての五人の年寄職と、これまた五人の実務執行機関たる奉行職が創設され、互いに合議協力して、後継者であるまだ六歳の秀頼《ひでより》を支えていくことになるらしい。これは秀吉による「武家太閤制という名の独裁政治」から、十名の有力大名の話し合いによる合議制への移行を意味する。いわゆる「五大老、五奉行」である。

「五大老には、我が殿徳川家康公、前田利家《まえだとしいえ》公、宇喜多秀家《うきたひでいえ》公、毛利輝元《もうりてるもと》公、上《うえ》杉景勝《すぎかげかつ》公が任じられ、五奉行には石田三成《いしだみつなり》殿、増田長盛《ましたながもり》殿、前田玄以《まえだげんい》殿、浅野長《あさのなが》政《まさ》殿、長束正家《なつかまさいえ》殿らが就かれるそうな」

「ふ～ん。でも合議っていうけどよォ、毛利と上杉は兎《と》も角《かく》、前田と宇喜多は秀吉公との紐帯《ちゅうたい》が滅法深い家だら。奉行衆に至っては全員が豊臣恩顧の連中だわ。編成からして、我ら徳川に不利ではねェのか」

「まあな。豊臣側としては、毛利などの諸勢力と豊臣と徳川での鼎立《ていりつ》を狙っているのやも知れねェなァ」

それだけ、豊臣家が家康を警戒しているということだろう。秀吉が死ねば、この国の実質的な筆頭者は、家康になるのだから当然だ。さればとて、明《みん》や朝鮮《ちょうせん》と戦っている現在、国の中で豊臣と徳川が覇を競い激突するわけにもいくまい。徳川を牽制しながらも、協力していかざるを得ない豊臣の立場も難しいのだ。

「五奉行の面子《メンツ》を聞いて、茂兵衛、おまんなんぞ感じんか？」

「や、別に……」

「たァけ。よおそれで殿様の側近が務まるのう」

「うるせェ。そおゆう台詞《せりふ》は殿様にゆうてくれェ。俺だってどうして殿様が俺を側に置くのか不思議でしょうがねェんだわ」

茂兵衛がさすがにむくれた。以前から茂兵衛自身の中でも謎だったことだ。

「だからさ……」

困惑顔の乙部は、福島正則《ふくしままさのり》や加藤清正《かとうきよまさ》、藤堂高虎《とうどうたかとら》や黒田《くろだ》長政《ながまさ》らの武断派の諸将が一切五奉行に入っていないのが「徳川にとっては面白い」と耳元で囁《ささや》いた。

「あ、本当だ。強そうなのが誰も入ってねェわ」

石田や長束などの秀才官僚ばかりが重きを成し、槍を取って体を張ってきた自分たちが「もう用なし」と言われたようで、武断派各将は臍《へそ》を曲げるに相違ないというのだ。

「よう分かる。それはどこの家中にもあることだがや。こうゆうてはなんだが、我が徳川家にだってあるさ」

茂兵衛の脳裏には、徳川秀忠側近を務める新進気鋭の秀才官僚、土井甚三郎利《どいじんざぶろうとし》勝《かつ》の怜悧《れいり》な顔が過《よぎ》っていた。平和な時代がくれば、茂兵衛のような武辺者には仕事がなくなり、土井甚三郎のような男が重宝されるようになるのだ。

「ま、徳川にもあるだろうなァ。ただ、ワシが『徳川にとっては面白い』とゆうた意味も分かるだろ？」

「まさか、豊臣家内の対立に殿様はつけ込むとか、そうゆうことかえ？」

「ほうだがや。そこでおまんの出番さね」

「はあ？」

「分からんか？」

「見当もつかん。なんで俺の出番なのよ？」

「それはな……」

乙部はしばらく茂兵衛の目を見つめていたが、やがて視線を逸らした。

「ま、ええわ」

「おい、八兵衛……教えてくれよ。豊臣の内部に仲違いがあって、それがどうして俺の出番になるのよ？」

「この先はおいおい殿様から直々にお話があるだろうさ」

「もったいぶらずに今教えてくれよ、な、八兵衛、朋輩じゃねェか」

様であろうか。

──最前「八兵衛を朋輩とは思うとらん」と心中で呟いたのは、どこのどなた

「駄目だら。あかんわ」

乙部が頑なに拒絶した。

「いずれ殿様から話があるはずだがや。今ワシからゆうても、話が食い違ったら

いかんし、二度手間になるだけだから言わん」

「けち」

「たァけ。おまんが、鈍いだけだら」

「に、鈍いって……」

娘の祝言に出席し、わざわざ報告に来てくれた、かけがえのない朋輩だ。多少

腹は立つが、ここは我慢と辛抱である。

「ま、ええわ……色々とありがとよ」

茂兵衛は朋輩の肩をポンと叩いた。

その後、秀吉の病《やまい》は徐々に悪化した。

錯乱と失禁を繰り返すも、時折は正気を取り戻し、遺言を書いたり、五大老や

五奉行に後事を託したりもした。そしてまた錯乱失禁する。

一代の英傑、豊臣秀吉は、ただただ我が子秀頼の行く末を案じつつ、慶長三年（一五九八）八月十八日、木幡山伏見城内でわびしく薨去した。享年六十二。

第一章　狸、覚醒ス

一

秀吉が死んで後、喫緊《きつきん》の課題は慶長《けいちょう》の役《えき》の幕引きだ。

それまで朝鮮《ちょうせん》半島での日本軍は、こと軍事面に関して、明《みん》と朝鮮の連合軍を圧倒していた。文禄《ぶんろく》の役での反省を踏まえて、慎重に準備を整えていたことが奏効したのだ。「蔚山城戦《ウルサンソンのいくさ》」では加藤清正が大軍を引き受けて粘り強く籠城戦を展開していたし、「泗川《しせん》戦」では島津義弘《しまづよしひろ》が、「順天城《じゅんてんじょう》戦」では小西行長《こにしゆきなが》が相次いで優勢な敵を撃破している。ただ、兵站《へいたん》の不備は相変わらずで兵は飢えていたし、事実上の前線指揮官である小西行長と加藤清正の確執は、抜き差しならないところにまで至っていた。

「だから、そもそもの人選が間違っとるんだわ」

文机《ふづくえ》に向かい、五人の小姓に手伝わせながら、山のように積まれた決裁事務をこなす徳川家康が呟いた。現在家康は、五大老筆頭者として木幡山伏見城《こはたやまふしみじょう》へと入り、日本国全体の政務を執り始めている。

「は？　あの……御意ッ」

つい居眠りをしていた茂兵衛が、涎《よだれ》を拭きながら応えた。

「おまん、寝とったのか？」

家康が筆を止め、茂兵衛を睨んだ。

「いえ、起きており申した」

「嘘つけェ」

と、家康は冷笑して事務に戻った。ここは徳川の屋敷ではない。豊臣の城なのである。周囲は豊臣家の家臣ばかり。護衛役の茂兵衛が居眠りをしていては、家康も安心して執務をとれないだろう。

「知っとるか？　加藤清正と小西行長は、肥後国《ひごのくに》での領地が隣同士なんや」

筆を走らせながら、家康が続けた。

「そうらしいですなァ」

茂兵衛が応えた。

「境界を巡って幾度も諍《いさか》いを繰り返してきたそうな。もともとが犬猿の仲だったわけでさ。それを同じ戦線に並べた故太閤殿下にこそ罪科《つみとが》はある」

広縁で端座し、庭を見張っている豊臣の護衛が身じろぎした。亡き主人の人事を悪《あ》しざまに言われては、面白くないのだろう。

「困ったものですなァ」

茂兵衛は、護衛の挙動に注意しながら家康に返した。

「ほうだがや。困ったものなのよォ」

総じて、個々の戦《いくさ》に大勝している割には、朝鮮派遣軍の士気は低かった。そんな折、親玉の秀吉が死んだのだから堪《たま》らない。

秀吉薨去から僅か七日後の八月二十五日には、家康を筆頭とする五大老が連名で撤兵令を発布している。ただ、なにせ十四万人を海を渡って帰国させねばならない。秀吉薨去による撤兵であることが露見すれば、敵の猛追撃は必至だ。悲惨な撤退戦を戦うはめになる。そこで、秀吉の遺体は塩漬けとされ、その死は厳重に秘された。撤兵令にも薨去の件は一切触れられていない。

「葬儀も挙げねェ。喪にも服さねェ。故太閤殿下は、万《よろず》派手好きであられたがけに、さぞや……」

　さすがの家康も「さぞや塩辛い棺桶の中で悲しんでおられるであろうよ」との台詞《せりふ》をそのまま口にすることはなかった。

　家康は、夜遅くまで執務を続け、夜の四つ（午後十時頃）過ぎに徳川屋敷に戻る暮らしぶりである。護衛役を務める茂兵衛は、常に家康に随伴し近侍していた。

　今日も今日とて、暗い中を四方に気を配り、刺客や敵襲に備えながら、家康のすぐ後ろに密着し、伏見城大手門へ向かい歩いていた。

「な、茂兵衛よ」

　前をゆく家康が、振り返らずに囁いた。

「はッ」

「屋敷に戻り、一息入れたらワシの部屋へ来い。少し話すことがある」

「御意ッ」

（あれれ？）

　茂兵衛は警戒した。「すぐに来い」ではなく「一息入れたら来い」というのがどうにも怪しい。茂兵衛の捻《ひね》くれた耳には「覚悟して来い」とも聞こえる。

（これ、なんかお役目を命じられそうだら。それも簡単なことではねェ。厄介で面倒なお役目だ。嫌だなァ）

茂兵衛は、七夕の日に乙部八兵衛が匂わせた話を思い出していた。

（八兵衛の野郎は、豊臣家内部の仲違いが「徳川にとっては面白い」とかなんとか抜かしとったが、あの話なのかなァ。気が重いなァ）

と、前を歩く家康の丸い背中を見つめながら、木幡山伏見城の石段を下った。

「や、別にそれがしは、それほどには……」

家康の居室で茂兵衛は動転した。家康が「茂兵衛と福島正則は、韮山城《にらやまじょう》攻め以来、昵懇《じっこん》の仲」と勝手に決めつけたからだ。

「違うのか？　喧嘩でもしたか？」

「や、喧嘩なんて滅相な。先様はお大名ですから」

「ならば昵懇ではねェか！」

と、家康が目を剝いた。まるで人殺しのような目つきで睨んでくる。

（け、喧嘩してなきゃ昵懇って……どういう理屈だよ？）

本音を言えば、茂兵衛は、図々しくてガサツな正則が大嫌いであった。

「実はな、拾遺《しゅうい》（福島正則）殿の御子息とワシの姪を夫婦にしたいと考えとるのよ」

「ほうほう」

拾遺は、侍従《じじゅう》の唐名だ。正則はこの時期、侍従にして尾張国清洲《おわりのくにきよす》二十四万石の太守である。出自は桶屋の倅《せがれ》だから、大層な出世だ。

「無論、姪としてではなく養女として輿入《こしい》れさせる。両家の紐帯を深めたい。ついては茂兵衛、おまん、下馴らしをせェや」

「下馴らし？」

「ほうだがや」

家康は茂兵衛に、縁組の下準備を任せるつもりらしい。しかし、現政権が政《まつりごと》の基本に据え、言わば憲法とも呼ぶべき「太閤様御置目《おんおきめ》（以降「御掟」）」では、大名間の縁組に厳しい制限を設けている。具体的には、秀吉の存命中にはその許諾が不可欠。秀吉亡き後には、五大老五奉行による合議を経ての許諾が必要となるはずだ。家康の養女と二十四万石の大名家嫡男《ちゃくなん》との縁談なら、明らかに合議すべき事案であろう。

「で、五大老衆、五奉行衆の許諾は得られたのですか？」

「いんにゃ」

「それでは、御掟に背くことになりはしませぬか？」

「縁組はめでたい話だがね。太閤殿下もお隠れになったことだし、そうそううるさくは言われねェわ」

「大丈夫なのでございまするか？」

「ハハハ、なにも心配にゃあて」

ニコニコと返された。

翌朝、不安で一杯な茂兵衛は、鳥居元忠《とりいもとただ》を捉まえて昨夜の話を伝えた。鳥居は、家康不在の折に伏見徳川屋敷の一切をとり仕切る重臣《おとな》だ。下総国矢作《しもうさのくにやはぎ》で四万石を食《は》む。鳥居によれば、目下の家康は福島家の他にも、伊達《だて》家、加藤清正家などとの縁談を進める気らしい。

「大丈夫なのですか？　その、御掟的に？」

「そりゃあ、大丈夫ではあるめェよ」

鳥居が苦笑しながら答えた。家康の「心配にゃあて」とは正反対の答えだ。

「でも殿様は、いかなる異論や故障が入っても、縁組を諦めんだろうなァ」

「あれま」

どうやら家康は、秀吉の後継政権に対して横紙破りを強行し、揺さぶりをかけてみる気らしい。反応を見て、相手が気弱に退くなら、さらに前に出るし、強行に反発してくるようなら自分が退く気なのであろう。いかにも家康らしいやり方である。

「だとすると、それがしは拾遺様（正則）に、一体どのように相対すればええのでございましょうか？」

「や、そう心配することもねェよ。なんとでもなるさ」

「そんな、彦右衛門尉《ひえもんのじよう》様……他人事《ひとごと》だと思って」

「たァけ、僻むな。だからさ、魚心あれば水心とかゆうがね」

「というと」

「加藤清正、福島正則、黒田長政、藤堂高虎、伊達政宗《まさむね》……誰もが不安なのよ。このまま反りの合わねェ石田治部少輔《じぶしよう》ら文治派の治世が定まってしまうと、自分たちは冷や飯食いとなる。下手をすると潰されかねない。そこに五大老筆頭の大名が莞爾《かんじ》と笑いかけて、『仲良くすべい』と猫なで声をかけてくるのさ……おまんならどうする？」

「な、なるほど」

若干血の巡りの悪い茂兵衛にも、なんとなく見えてきた。

「おまんは福島屋敷に行って、韮山城攻めの話でもしながら酒を楽しく飲んでさ、拾遺様の自慢話を聞いてさ、帰ってくればそれでええのよ」

「あ、なるほど、なるほど」

これにて、乙部の内緒話を含めて、お役目の大筋が見えてきた。

福島、加藤らの武断派は、時流に取り残された武辺者ばかりである。平和な時代が必要とするのは、事務能力に長《た》けた石田や長束たちだ。武辺者は大いに拗《す》ねている。で、植田茂兵衛とは何者か。槍一本で伸し上がった典型的な武辺者だ。時流に取り残された者同士「話が合おう」「共感できよう」と家康は読んで、茂兵衛を縁談の下馴らし役に起用するものと思われた。

（そこはよう分かる。さすがは殿様だァ。でもよォ……俺は別に、拗ねてはねェけどなァ）

そうなのである。茂兵衛は別段、時流云々で拗ねてはいない。鉄砲百人組を任せられ、殿様のお側に仕えて、三千石を食んでいる。

（なにが不満なものか。頭叩いて喜ばにゃあ）

土井利勝のような優秀な官僚と交われば、多少の僻みも出ないことはないが、それでも茂兵衛は欲どうしい性質《たち》ではない。老子《ろうし》を気取るつもりはないが、足るを知っている。百石取りでも千石取りでも、それなりに楽しみ方はあるし、それぞれに苦しみもあるだろう。要は、受け止め方次第なのだ。

（ただよォ。欲どうしい福島正則は不満たらたらなわけだろ？　俺が「や、それがしは満足しております」とやらかしたら、話が合わんだろうなァ。臍を曲げられるぞ）

ここは一つ「僻みの茂兵衛」を演出する必要がありそうだ。

「茂兵衛、やれそうか？」

「御意。なんとかやってみまする」

鳥居元忠の問いかけに、引き攣《つ》った笑顔で答えた。

二

茂兵衛は、木幡山伏見城の西に立つ福島邸へ十日に一度の割合で通っている。

大手門の側にある徳川屋敷からは、直線で四半里（約一キロ）ほどの距離だ。七千坪に近い広大な邸宅で、毛利輝元、生駒一正《いこまかずまさ》らの大名屋敷が近い。

「太閤殿下がお隠れにならねば、来年早々には、再度ワシも朝鮮に渡る運びとなっとったんだわ」

忌々しげに呟き、正則が盃《さかずき》をグイッと呷《あお》った。

「ほう、左様でしたか」

と、茂兵衛は穏当に応えたが、内心ではハラハラしていた。

（正則の野郎は、朝鮮に行けなかったことを残念がっとるのか、それとも喜んどるのか、よう分からんからなァ。下手に決めつけると、機嫌を損ねかねんし、ここは慎重に……）

「や、なかなか」

「はあ？」

正則が盃を呷る手を止め、茂兵衛の顔を覗き込んだ。

「おみゃあさ、『なかなか』とはなんだら、『なかなか』とはよォ」

（しまったァ。藪蛇かァ）

前回の文禄の役で、正則は主将として五番隊を指揮、半島中央部の忠清道《ちゅうせいどう》を北進したが、今回の慶長の役では朝鮮に渡っていない。ずっと日本にいた。秀吉は来年の慶長四年（一五九九）に大規模な第三次侵攻軍を派兵する予定だったのだが、薨去により、三度目の遠征は計画倒れとなった。

「やはり拾遺様は、総大将として朝鮮にお渡りになる御予定でしたのか？」

秀吉は親族に恵まれない。実子である鶴松《つるまつ》は夭折《ようせつ》し、実弟の秀長《ひでなが》も七年前に病没している。養子の秀次《ひでつぐ》は自らが死に追いやり、その弟秀勝《ひでかつ》も朝鮮で病没した。第一次遠征では養女豪姫《ごうひめ》の婿である宇喜多秀家を、第二次では妻於寧《おね》の甥である小早川秀秋《こばやかわひであき》を総大将に任じたが、もう手駒は尽きかけている。正則の母は秀吉の叔母で、正則と秀吉は従兄弟《いとこ》同士なのだ。官位も高く、総大将に指名されても不思議はない。

「それがよォ。石田治部少輔と増田右衛門少尉《うえもんのしょうじょう》と『三人で相談して指揮を執れ』とゆうのが故太閤殿下の御意向だったんだわ」

「ほおほお」

（よかった。『なかなか』は誤魔化せたようや。結局、正則は朝鮮に行けなんでホッとしとるんだわ）

「あんな頭でっかちな青白い奴らと組んで、異国の地で戦が出来るかよ、な、茂兵衛、そうは思わんか？」

「御意ッ」

福島家は二十四万石の大所帯だが、正則の個人商店のようなものだ。家内のことは彼の一存ですべてが決まる。婚礼の下馴らし役の茂兵衛としては、正則を怒らせないことが肝要だ。色々と気を遣う。ただ、両家の婚礼自体はトントン拍子に話が進んでいたのである。

正則の甥（実姉の子）である正之《まさゆき》（十四歳）と家康の姪（異父弟松平康元《まつだいらやすもと》の娘）である満天姫《まてひめ》（十歳）は、来年早々にも祝言を挙げる運びとなっている。すべてが順調なのだ。

それでも茂兵衛が福島邸を訪れ続けているのには理由があった。

御掟破りの勝手な婚礼だけに「最後の最後まで気を抜くな」との家康の強い意向と正則への不安があるからだ。正則の側に故障があれば、すぐに茂兵衛を通じて家康はそれを知ることができる。その逆もまた然《しか》り。火事は小火《ぼや》のうちに消すのが鉄則だ。

茂兵衛としては、正則の酒の相手をし、自慢話を聞き、酔って帰る。それの繰り返しだから気は楽だ。仲間と飲むような楽しさこそないが、饒舌《じょうぜつ》な正則は、豊臣家内の諸事情について色々と話してくれる。朝鮮半島での武将同士の確執、秀次粛清の余波などについても詳しく聞くことができた。総じて「ためになった」のである。

また、豊臣恩顧の武将たちの秀吉への率直な思いに触れることもあった。

「ワシらの多くは、土くれから生まれた野人よ」

酔眼朦朧《すいがんもうろう》とした正則が盃を置き、ポツネンと呟いた。

「太閤殿下に仕えて今は立派な城や御殿に住まわせてもろうとる。だから感謝の気持ちは強い。でもよォ。当の太閤様はどうだった？　太閤様は天下を獲られて、その天下を恩義ある織田《おだ》家に返したか？　返さなかったろう。これは不忠義だろうか？」

「滅相もない」

（や、ま、公正に見れば不忠義だろうがな……まさか、そうも言えんわなァ）

「では何故、故太閤殿下は天下を織田家に返されなかった？　おみゃあさはどう思う？」

「さあ」

「ワシとおみゃあの間柄ではねェか、遠慮せずにゆうてみい」

「それがし如きの知恵では、見当もつきかねまする」

「な……」

正則は一瞬鼻白んだ様子で黙ったが、やがて――

「ならば、よう聞いとけ」

と、身を乗り出したので、茂兵衛もこれに倣《なら》った。

「実力のない者が統《す》べる国家は不幸や。ま、一気には滅びんまでも民百姓は苦労するわなァ。その時代その時代で最も強く賢い者がその国を統べるべきで、それが天の道ってもんだら」

「な、なるほど」

「忠義忠誠などは、せいぜいが主従の問題、人と人との繋がりの話よォ。天下の大義から見れば、小せェ、小せェ」

「ほお、つまり、忠義は大義に劣るとの仰《おお》せですか?」

茂兵衛の酔いは一気に醒めた。今の正則の言葉は、秀吉亡き今、誰の目にも日本一の実力者である家康が「豊臣に代わって天下を治めるべき」「それこそが天の道」と示唆しているようにも聞こえる。

「もうすぐ朝鮮から虎之助《とらのすけ》が戻ってきよる」

虎之助——加藤清正のことだ。

「野郎は、ワシと違って悪知恵が働くからのう。奴が戻れば天下は動く。茂兵衛、鞍《くら》から振り落とされるなよォ、ガハハハ」

と、盃をとり豪快に呷った。

茂兵衛は、二年前の大地震の折、倒壊した指月《しげつ》伏見城内で加藤清正に会っている。故太閤を背負い本丸御殿から避難させていた。清正は、茂兵衛の家臣である清水富士之介《しみずふじのすけ》を凌駕するほどの大男だったこと、無双の豪傑との世評とは違い、むしろ冷静沈着な印象を受けた。

徳川屋敷に帰って正則の言葉をそのまま伝えると、途端に家康は表情を曇らせた。しばらくは茂兵衛の目を睨んでいたが、やがて——

「分かった。明日からも福島屋敷に、十日に一度と言わず足しげく通え。それからな……おまんの方からは特別なことはゆわんでええぞ。ただただ、笑顔で頷いて帰ってこい」

「御意ッ」

「福島屋敷での会話の内容は、ワシ以外には語るな。酔っても喋るな、ええな」

それだけ言い残し、家康は席を立った。

「御意ッ」

その三ヶ月後、慶長三年（一五九八）十一月二十日、朝鮮遠征軍の撤退が完了した。加藤清正が伏見に戻ってくる。

家康は機敏に動いた。かねてより、徳川の方から話をもちかけていた縁談を、強引に進め始めたのだ。母方の叔父にあたる水野忠重《みずのただしげ》の娘かなを養女とし、清正の継室とする計画だ。これが成れば、清正は家康から見て「養女の婿」「従妹の連れ合い」となるのだが、こちらも当然、故太閤の御掟破りである。

「なんだよォ。虎之助は内府《ないふ》様の娘婿かよ。ワシとは随分と待遇が違うんでねェかァ」

と、福島屋敷の居室で正則が拗《す》ねた。ちなみに内府は内大臣家康の呼称である。

「畏れ入りまする」

困った茂兵衛が平伏した。

「やはり内府様は、ワシより虎の方を重んじておられるのだろうなァ」

「なかなか」

「またァ」

正則が目を剝いた。

「おみゃあさは困るといつも『なかなか』で誤魔化そうとする。どえりゃあ卑怯だがね」

「や、そのようなことは決して」

茂兵衛としては困惑の極みである。正則の僻みっぽい性格はなんとかならんものか。

「ワシはおみゃあのことは、朋輩《ほうばい》だと思うとるのよ」

「身に余ることにございまする」

と、平伏した。

「今少し、腹を割った話がしたいものだがや」

「はあ……あの……」

「なんだ、そのシケた面《つら》ァ？」

ま、ここはなにか喋るしかあるまい。

「実はそれがし、我が殿から厳命されておることがございましてな」

「ほう、なんら？」

「茂兵衛はたァけだから、あまりペラペラ喋るな。お話を伺って、笑って頷いて帰ってくればそれでええと……」

嘘は言っていない。そういうことは実際に幾度か言われた。

「ハハハ、左様か。ハハハ、それでは致し方もないのう」

よかった。正直にぶっちゃけたことが、むしろ正則には受けたようだ。

「申しわけございません」

「ま、ええわ。ならば黙って頷いとれ、ワシが喋るから、ガハハハ」

「御意ッ」

と、安堵の吐息を漏らしながら平伏した。

（乙部八兵衛といい、福島正則といい、申しわけねェが平八郎様といい、俺はどうしてこう癖の強い御仁にばかり朋輩扱いされるかなァ？）

福島邸からの帰路、愛馬野分《のわけ》の背に揺られながら茂兵衛は嘆息を漏らした。

ちらほらと小雪が舞い始めている。実に寒い。

（あ、そうだわ。立派な人が俺のことを好いてくれたこともあったがね。蒲生氏《がもううじ》郷《さと》様よォ。あの方なら人格高潔で、知的でさ……ただ、あの方も、キリシタンの経典なんぞを配って歩いてたからなァ。相当癖は強《つえ》ェわなァ、トホホホ）

ちなみに野分は、先代の仁王《におう》が退役した文禄三年（一五九四）の暮れから乗っている栗毛馬だ。肩までの高さが五尺（約百五十センチ）近くもある悍馬《かんば》である。今まで雷《いかずち》、仁王と名馬に恵まれた茂兵衛だが、野分は特に気が荒く、狡猾《こうかつ》で、当初は相当苦労させられた。厩舎で余生を送る仁王を引き出し、現役復帰させようかと迷ったほどである。それでも二年、三年と乗るうち互いに気心が知れてきた。今では人馬一体。なまじ根性がひね曲がっていたその分、いったん信頼して垣根がとれると、雷や仁王以上に茂兵衛を慕ってくれている。

（ああ、人も馬も同じだがや。手のつけられねェ荒くれや根性悪の方が、むしろ俺に懐いてくれる。俺、なんか妙なもの……狐か狸でも憑《つ》いとるのかなァ）

そう嘆きつつ、宇喜多邸に突き当たり、右へ折れると、広大な徳川屋敷の森が見えてきた。

三

翌慶長四年（一五九九）一月、事態は大きく動く。

家康の御掟破りが、伏見城下の武家屋敷街で噂になり始めたのだ。

加藤家や福島家との縁組ばかりではない。独断で諸大名への加増を決めたり、伏見にいた人質を国元に帰すのを勝手に許すなど、やりたい放題だったことが一気にバレたのだ。これを聞いた五奉行筆頭の石田三成と、秀頼の傅役《もりやく》を務める前田利家は激高した。

「まだ太閤殿下薨去から半年も経っておらんぞ。完全なる御掟破りではないか」

「内府（家康）様の専横、横紙破りと言わずして何と言うべきでござろうか」

一方で、伏見城下は極めて狭い世界である。ほんの四分の三里（約三キロ）四方の土地に秀頼、家康を始めとした日本中の有力者、実力者が集《つど》っているのだ。あまりに距離が近く、密集し過ぎていると、些細なことから大火事ともなりかねない。

三成と利家は相談し、まずは秀頼の身の安全を最優先させることにした。この方針は正解であろう。七歳の秀頼は目下、唯一無二の豊臣家当主だ。この狭い伏見で万に一つ、家康が秀頼の暗殺に成功すれば、豊臣家に跡継ぎはいない。男の血族は病死したか、秀吉自身の手で殺されたかで、誰もいなくなった。十年前までは徳川も同じようなもので、家康が死ねば「それで終わり」だったのだが、今なら秀忠が成人しているし、結城秀康《ゆうきひでやす》も頑張っている。親族を大事にする家康のお陰で、徳川は随分と足腰が強化されたのだ。三成と利家が激怒し、目を剝いたのも無理はない。

「ワシは秀頼公を大坂城《おおさかじょう》にお連れする。治部（三成）、伏見は任せたぞ」

「心得申した。身に代えましても」

一月十四日、豊臣秀頼と前田利家は木幡山伏見城を出て大坂城へと入った。最悪、家康との戦も辞さない構えだ。

当然、家康は「不穏な振る舞いではないか」「不要な対立を生む」と抗議したが、三成は耳を貸さない。

「木幡山伏見城にて内府様が政務を執り、大坂城で亜相《あしょう》（利家）様が秀頼公に付き添う……これぞ故太閤殿下の大方針にございまするゆえ」

と、三成は撥《は》ねつけた。秀吉の方針と言われれば、さしもの家康も引っ込まざるを得ない。

一月十九日、前田利家、石田三成の命を受けた三中老の一人堀尾吉晴《ほりおよしはる》が問罪使として徳川邸に派遣された。

三中老——五大老、五奉行とともに設置された役職で、小年寄《ことしより》とも呼ばれる。政務に参与し、五大老と五奉行との間で意見が合わない場合の仲裁役とされた。

現在、生駒親正《ちかまさ》（讃岐《さぬき》高松《たかまつ》十二万石）、堀尾吉晴（遠江《とおとうみ》浜松《はままつ》十二万石）、中村《なかむら》一氏《かずうじ》（駿河《するが》府中《ふちゅう》十四万石）の三人が就任している。

「おい、茂兵衛」

「ははッ」

徳川屋敷の書院内から家康の声がして、茂兵衛は広縁に平伏した。

「おまんの家来に図抜けた大男がおったなァ」

「清水富士之介でございましょうか」

「奴を連れて来いや。堀尾も図体がデカい。おまんを含め、大男で取り囲まんと、こっちが威圧されるわ」

「御意ッ。ただ、陪臣《またもの》でございまするが、そこは？」

「ンなもの、かまやせんがね」

堀尾吉晴は武辺者である。官位は正五位下帯刀長《しょうごいげたちはきのおさ》。年齢は、家康より一つ下ぐらいか。だいぶ老《ふ》けたが、槍を取らせればまだまだ強いらしい。三成が選んで、単身徳川屋敷に差し向けるからには、相当な人物と見た。家康もかなり警戒している様子だ。

「帯刀先生《せんじょう》、よう来られたなァ」

家康は満面の笑みで堀尾を迎えた。書院に招き入れると、挨拶も早々に身を乗り出した。

「で、話とはなんじゃな？」

広々とした書院内には、家康と堀尾の他に、鳥居元忠と松平家忠《いえただ》、茂兵衛と富士之介の六人がいるだけだ。富士之介は家康の背後で太刀持ちの小姓役を務めている。

「畏れながら手前、本日は問罪使として罷《まか》りこしましてございまする」

堀尾は六尺（約百八十センチ）豊かな大男であった。身長は茂兵衛とほぼ同じだ。堀尾家は、尾張国《おわりのくに》上四郡の守護代を務める岩倉《いわくら》織田氏に代々仕えてきた。その後は信長《のぶなが》の弾正忠《だんじょうのじょう》織田氏に鞍替えし、秀吉の寄騎となって現在に至る。

（やけに額が前に突き出たお方だなァ。目は落ち着いとる。鼻息が荒くもなって

ねェ。強いばかりではなく、腹が据わって賢そうだら）

茂兵衛は堀尾を観察した。

「も、もんざいし？　それはなにかの官職かな？」

家康が惚《とぼ》けると、堀尾は俯《うつむ》いて、困ったように微笑《ほほえ》んだ。

（ああ、たぶん大丈夫だわ。このお方は、こなれとる。そうそう無理をやらかす心配はあるめェよ）

堀尾は家康に一礼して後、懐から問罪状を取り出しておもむろに広げ、朗々とした声で読み上げ始めた。

「一つ……」

加藤家や福島家、伊達家などと無断で縁組を進めていること。領地の配分や、人質の扱いで独断専行があったことなどが逐次述べられた。

家康は瞑目し、黙って最後まで聞いていた。堀尾が読み終えると、目を開き、悲しげに瞼《まぶた》を幾度か瞬《またた》いてみせた。

「あんの……あれかな？」

家康が、問罪使に訊いた。

「はい？」

「その問罪状は、ワシ以外の五大老職、五奉行職の連名ということかな？」

「御意ッ。このように九名の方の御署名がございます」

と、書状を家康の方に向けて示した。

「驚いた……誤解ばかりじゃ」

「と、申されますと？」

「つまり……あれだわ」

「ど、どれ？」

気まずい沈黙が流れたが、やがて家康が口を開いた。

「まず、ワシが五大老職筆頭者として伏見城内で政務を執る、このことに異存はないのじゃな？」

「御意ッ」

「ワシが徳川家当主として、娘たちの縁談を考える、これも？」

「問題ございません。ただ、その場合は、他の五大老衆と五奉行衆の了承了解が必要となりましょう。これは故太閤殿下の御掟に定められておりまする」

「や、そのつもりでおったさ。当然であろう。御掟なのだから」

「……御意」

「まだ、祝言の日取りも決まっておらん。まだ何も決まっておらんのよ。な、鳥居、そうじゃな？」

「ぎょ、御意ッ」

鳥居元忠が、慌てて平伏した。慌てるのも当然で、もう縁談の話は随分と進んでいる。満天姫は、今月末には福島家に嫁入りする予定となっていた。

「つまり、もう少し形が見えてきた段階で、五大老衆と五奉行衆に諮《はか》るつもりでおったのさ。もし仮に、皆の衆に諮った後に、縁談が途中で流れでもしたら、それこそ徳川の面目は丸潰れであろうよ？」

（あ、その手で言い逃れされるおつもりか……殿様、悪どいがね）

茂兵衛は内心で苦笑した。

「なるほど、その件は承り申した。ただ、人質の件はいかがです？　一部の人質は、内府様の許しを受け、もうすでに国元に帰っておりますな」

「そお？　本当？」

と、家康が茂兵衛を見た。

（おいおいおい、俺を見るなよ。どう返答すればええのか、見当もつかんがね）

仕方なく、小首をわずかに傾《かし》げてみせた。家康の冷たい目が「使えん男じゃのう」と呆れている。

「嘘偽りは申しません。事実を申しております」

堀尾が冷静に答えた。

「だからさァ」

家康が、指先で月代《さかやき》の辺りをポリポリと掻いた。

「帯刀先生もよく御存知の通りで、伏見城内でワシが決裁すべき書類は、毎日毎日山の如くに積み上げられておる。合議を旨とすべきはよくよく弁《わきま》えてはおるのだが……忙しさに紛れて、つい『許諾は、後でまとめて受ければよいから』と考えてしまうわけさ」

「なるほど、お察し致しまする」

「おお、帯刀先生、分かってくださったか？」

一瞬、家康の顔がほころびかけたのだが、すぐに堀尾は斬り返してきた。

「ただ……」

「ただ？」

家康が大きく目を見開き、ギョロリと堀尾を睨んだ。

「事後承諾ばかりが続くと、故太閤殿下の御遺志たる合議制の意味合いが、形骸化しはせぬかと、少々案じておりまする」

「そこは厳に戒《いまし》めとせねばなるまいな。ワシも、貴公らも」

家康はもちろん、鳥居や松平家忠の表情にも不快の念が現れ始めている。堀尾は、結構粘る。形だけの問責の場にするつもりはないようだ。

「さらには……」

「堀尾殿！　堀尾吉晴殿！」

家康が、怖い目と大きな声で言葉を遮《さえぎ》った。通称の官職でなく、急に苗字と諱《いみな》で呼びかけられた堀尾は息を呑み、身を硬くする。

書院に、息が詰まるほどの沈黙が流れた。

「つまり貴公は本日、ワシの些細な失態をあげつらい、譴責《けんせき》するために来られたとの理解で宜しゅうござるのかな？」

「そ……」

ここで明らかに、堀尾の顔色が変わった。

「貴公とワシは、故右大臣様（信長）の頃より旧知の仲。今日の今日まで、貴公に悪しき印象は一度たりとも抱いた覚えがなかったものを……や、つくづく残念なことよのう」

と、扇子を使いながら、視線を逸らした。

「や……」

堀尾が返すべき言葉に詰まった。それは仕方がないだろう。太閤亡き後の最高実力者から、露骨かつ個人的に脅しをかけられているのだから。豊臣家の三中老職としての立場より、堀尾家当主、堀尾吉晴個人としての立場を優先せざるをえまい。

「な、内府様」

「うん？」

問罪使が畳に両拳を突き、頭を下げるのを横目で確認した後、家康は視線を堀尾に戻した。

「本日、手前は、内府様のお話を伺い、目下、内府様が受けておられる、いわれなき嫌疑を晴らし、五大老様方、五奉行様方との仲介役を果たさんとの気持ちから罷りこしたものにございまする」

「ほう」

ここで家康が身を乗り出した。

「今確かに『いわれなき嫌疑』と申されたな？」

「御意ッ」

「間違いないな？」

「武士に二言はございません」

と、平伏した。これにて勝負あり。

「堀尾様も相当な人物なのだろうが、ま、役者が違うわなァ」

富士之介一人を従え、自室へと続く長い廊下を歩きながら、茂兵衛がボソリと呟いた。

ちなみに、堀尾は後の関ケ原では東軍につき、家名を繋げた。

四

木幡山伏見城へ戻った堀尾は、言葉の通り家康と五大老五奉行の仲を取り持つべく奔走した。ただそのことでむしろ、石田三成の警戒心を募らせてしまった嫌いがなくもない。信頼して送り出した堀尾が、家康に懐柔され、乃至《ないし》は恫喝されて、最近では「いわれなき嫌疑」云々を口にし始めたのだから、警戒するのも無理はない。伏見の武家屋敷街には不穏な空気が流れ始めた。三成は即座に、大坂城の前田利家に、問罪使派遣の顚末と伏見の雰囲気について書状で報告した。

「内府の専横、許すまじ」

「太閤殿下が残された御掟への明確な違背である」

と、大坂城下の世論は沸騰した。

前田利家邸には、毛利輝元、上杉景勝、宇喜多秀家の五大老衆を始めとして、石田三成、浅野長政、増田長盛、長束正家、前田玄以の五奉行衆の全員と細川忠興《ほそかわただおき》、加藤清正、加藤嘉明《よしあき》、佐竹義宣《さたけよしのぶ》、立花宗茂《たちばなむねしげ》、小早川秀包《ひでかね》、小西行長、長宗我部盛親《ちょうそかべもりちか》、織田秀信《ひでのぶ》、織田秀雄《ひでかつ》らが参集し、気勢を上げた。

一方の伏見城下の徳川邸には、織田有楽斎《うらくさい》を始めとして、京極高次《きょうごくたかつぐ》、伊達政宗、池田輝政《いけだてるまさ》、福島正則、細川幽斎《ゆうさい》、黒田如水《じょすい》、黒田長政、藤堂高虎、最上義光《もがみよしあき》ら三十名に近い大名衆が集まり、こちらも闘志を燃やす。

両派は大坂と伏見間、九里（約三十六キロ）を隔てて対峙した。

この時、大枠は決まったと言える。

両屋敷にそれぞれ集った大名衆の枠組みが、ざっくり維持される形で翌年の関ケ原の戦いへと雪崩《なだ》れ込んでいくことになるのだ。

もちろん、この時は前田邸に馳せ参じたが、結局は東軍に与《くみ》した者も多い。浅野長政、細川忠興、加藤嘉明、そして加藤清正である。

「おい茂兵衛、茂兵衛、ちょっと来い」

徳川屋敷の広縁で呼び止められた。見れば柱の陰で手招きをしているのは福島正則である。相変わらず肩幅が広い。苦手な男だが、幾度も酒を飲んでいる。まんざら知らぬ仲でもなし、もうすぐ家康の親戚になるわけだし、呼ばれれば嫌そうな顔はできない。満面の笑みとともに歩み寄った。

「これは拾遺様、酒が足りませぬか？　ハハハ」

正則はこの十九日以来、徳川邸に馳せ参じ、家康への忠誠を示しながら、毎日酒を飲んでいる。

「たァけ。酒ではねェわ。虎之助のことよ」

「ああ、なるほどなるほど」

だいたいの話は予想ができた。隠密からの報告によれば、大坂での加藤清正は前田邸に集い、反家康の側に立っているらしい。

「家康公におみゃあさの方から、上手いことゆうといてくれや。大坂におって、一人ことさらに『俺は徳川様に付く』とは言い難いそうなんだわ」

ここで正則、一歩近づいて顔を寄せた。酒がプンと臭った。

「実は、大坂の虎之助から、ワシのとこに書状が来てのう」

「ほうほう」

「奴は、継室に家康公の御息女を戴けると、どえりゃ喜んどったがね。文面から喜びが伝わってくるのさ。虎之助は義理堅い。決して親族を裏切るようなこたァせん男だからよォ」

「ほおほお」

「その辺のところ、内府様にくれぐれもよしなにお伝え下されや」

と、茂兵衛の肩を幾度か叩いた。正則はもともと馬鹿力である。軽く叩いたつもりでも、叩かれた方は相当痛い。

「だいたいがだなァ。加藤嘉明、細川忠興なんて、ワシや虎之助以上に治部少輔が大嫌いよォ。それでも一応は前田邸に馳せ参じとる。そんなものさ。あんなのは表面だけ。面従腹背とかゆうだろうが。いざとなったら、我らは皆、家康公に忠勤を励む決意だがや」

「ほおほお」

「ほおほお、ほおほおって……おみゃあは梟《ふくろう》か！」

——また言われてしまった。

気をつけているのだが、他人《ひと》の話に聞き入ってしまうと、つい返事が「ほうほう」になってしまう。時には「はあはあ」とか「うんうん」を挟まねばいかん。

「虎之助はさァ。生一本《きいっぽん》な気質《たち》でよォ」

正則は茂兵衛の肩に手を回し、酒臭い息を吹きかけながら、さも大事なことのように小声でブツブツと囁き続けた。

「絵に描いたような荒武者だが、その実、意外に涙もろいところもある。あれが本物の漢《おとこ》の中の漢だわなァ」

「な、なるほど」

正則は、前田邸に馳せ参じた清正の行動を、弁護しようとしている。そこは良く伝わったし、茂兵衛の中で、友を必死に守ろうとする正則の評価は少しだけ上がった。若い時からともに戦った真の朋輩なのだろう。

ただ、茂兵衛には多少の違和感がなくもなかった。

会話したことすらない加藤清正だが、茂兵衛の印象では「生一本な気質」とか「絵に描いたような荒武者」とは少し違うような気がしている。もう少し知的で冷静、悪く言えば腹の知れない不気味さを身にまとっていた。で、そのことは正則にはすまないが、家康には伝えてあるし、家康の清正観も、茂兵衛とほぼ同じだったのだ。家康は正則よりも清正を警戒しており、当然、清正との縁組の下馴らし役に茂兵衛は起用されていない。茂兵衛より二割増で頭が切れる松平家忠が担当している。順当な人選であろう。

「拾遺様、むしろそれがしには主計頭《かずえのかみ》（清正）様が心配でなりません」

茂兵衛は、困惑の表情を無理に作って囁き返した。

「なんで？」

「主計頭様と徳川の間で進んでいる縁談、これ、主計頭様は当事者にござれば、むしろ亜相様（利家）辺りから詰問されておられるのではないのかな、と」

家康の専横を糾弾する集いに、その共犯者が参加していることになる。

ちなみに、亜相は大納言《だいなごん》の唐名だ。このとき利家の官職は権大納言《ごんの》だが、誰もが「亜相」と呼んでいた。

「あ、そうか。確かにそうだわなァ」

「主計頭様から書状が来たと仰せでしたな？」

「ああ、来たよ」

「その書状、我が殿に見せても問題ない内容にございまするか？」

「内府様に？　なんでまた？」

「最前、それがしに『家康公によしなに伝えてくれ』と仰せでした。主計頭様と拾遺様の赤心を伝えるのに、親書を開示するのも一つの策かな、と」

「言いたいことは分かった。ちょっと待ってくれよ」

と、しばらく瞬《まばた》きを繰り返していた。白目が若干黄色い。酒の飲み過ぎであろう。やがて考えがまとまったらしく——

「ええよ。内府様に虎之助の手紙を読んで貰おう。屋敷から取って来させる。四半刻（約三十分）待ってくれや」

「御意ッ」

「それからさァ。おみゃあさも、その場に同席してくれるよな？」

「もちろん、お供させて頂きます」

「茂兵衛殿、頼りにしとるがや」

と、また肩をドンと叩かれた。やはり相当に痛い。

その後、正則は家康の前に伺候し、清正からきた書状を差し出した。書院には茂兵衛も同席している。

家康は、長い手紙を三度繰り返して読んだ。これは異例のことである。家康の読解力はもの凄く、大抵の文章は一読で頭に入るのだ。繰り返したのは正則への配慮、そう茂兵衛には感じられた。三度目を読み終えると家康は顔を上げた。緊張の面持ちで見守る正則に莞爾と笑いかける。嗚呼《ああ》、この辺——この辺であろう。

「拾遺殿、羨《うらや》ましい。貴公はよき朋輩をお持ちじゃなァ」

「内府様、ありがたき幸せにございまする」

家康の笑顔を見た正則が、安堵の吐息を漏らしつつ平伏した。清正の手紙は家康に読まれることを前提に書かれてはいない。可能性としては、家康が表情を曇らす事態もあり得なくはなかったのだ。

「この書状の文面を通じ、拾遺殿と主計頭殿の豊臣家への忠義心、徳川への赤心、日本国への深い想い、よくよく伝わりましたぞ」

「御意ッ」

「この植田からも常々、貴公のお噂は伺っております。度々美味《うま》い酒を馳走になっておるそうで、ワシの方からも御礼申し上げまする」

「いやいや。植田殿とはまるで兄弟のような絆を結ばせて頂いております。今後とも主計頭と拙者を宜しくお願い致しまする」

と、大仰に平伏した。茂兵衛、かなり面はゆい。

「茂兵衛、寄れ」

正則が退出した後、家康が茂兵衛を扇子で差し招いた。

「ははッ」

と、膝行《しっこう》で近寄ると、家康は身を乗り出してきた。内緒話でもするのかと、茂兵衛も首を伸ばすと――

ペチン。

扇子の先で月代の辺りを軽く叩かれた。

「おまんにしては上出来だがね。ようやった」

「ははッ」

ホッとしながら平伏した。

「おまんは、清正の書状を読んだのか？」

「いえ」

「色々と大坂方の内情が分かって、なかなか面白かったがね」

「大坂勢が、この伏見に攻め上ってくる心配は『まずねェ』とゆうことさ」

「と、申されますると？」

「頭立《かしらだ》つ者が、童《わらわ》と病人と嫌われ者だからのぅ、どうにもなるまい」

童が七歳の秀頼を指すのは間違いない。病人は利家で、嫌われ者は三成だろう。確かに求心力を高めるのは難しそうだ。逆にこちら側には、家康という経験実績ともに抜群の、頼り甲斐のある主将が存在する。

「ほお」

「見とれ、一ヶ月《ひとつき》の内には先方の方から折れてきよる。我らは黙って座っておればそれでええのよ」

「御意ッ」

「ただなァ。おまんの鉄砲百人組だけは準備万端整えておけよ。いつでも動けるようにしておけ」

「ははッ」

「それから、足軽たちには、鉄砲は持たせても甲冑《かっちゅう》は着せるな。陣笠《じんがさ》もなし。伊賀袴《いがばかま》に襷《たすき》と鉢巻、その程度でええ。くれぐれも戦支度に見えねェようにな。難癖はつけられたくねェ」

なんとも奇妙な対峙だった。伏見と大坂で、天下の大勢力が二つに分かれて一触即発で睨み合っている。豊臣家と徳川家、五大老と五奉行、そこに伊達や長宗我部以下が加わっているのだから、もう「全日本」と呼んでも差し支えはないだろう。ところが彼らは、せいぜい数百人程度の軍勢しか率いていないのだ。秀吉は死んでも、惣無事令はまだ生きている。下手に戦支度をし、大動員でもかけようものなら、直ちに「御掟破り」の烙印を押され、軍事的にも政治的にも、袋叩きにされかねない。家康が、茂兵衛の鉄砲隊に準備を命じながらも、足軽たちに甲冑を着せないゆえんである。

「それがし、拾遺様とのお付き合いは、今後いかに致しましょうか?」

「今のままでええよ」

家康は、己《こ》が肥えた顔を右掌《みぎてのひら》でペロンと撫でてから、茂兵衛にボソリと返事をした。

「福島も加藤も、細川も黒田も、おそらくは誰も彼も怯えておるのさ。豊臣に付くか徳川に付くかでな。拾遺にはせいぜい気を遣ってやれ。もっともっとおまんを頼るように持っていけ」

「御意ッ」

「御意ッ」

と、一応は頷き、しばらく迷ったが、どうしても一点だけ、家康の大方針を確認しておきたくて言葉を継いだ。

「殿様は、その……あの……」

「なんだよ？」

少し苛つかせてしまった。

「て、天下を御所望なのでございましょうか？」

「へへへ、御所望ときたな……」

家康はニヤニヤと笑いながら、声を潜めて続けた。

「天下を獲るにも二途あるぞ。頼朝《よりとも》は平家《へいけ》を滅ぼして天下を獲った。足利尊氏《あしかがたかうじ》もまた然り。一方、北条《ほうじょう》氏は源氏《げんじ》の将軍を温存しながら、執権職として事実上の天下を獲った。ワシはどちらの天下獲りを目指すべきだと思う？」

「や、分かりかねまする」

「それはな、どちらでも獲れる方で獲ればええのさ。天の時と地の利を読み、和戦両様で臨むつもりや……これで、おまんからの問いかけの答えになったか？」

「御意ッ」

曖昧模糊《あいまいもこ》としてはいるが、なんとなく伝わった。手段と着地点の色合いは兎も角、どうやら家康は天下を獲る気満々のようだ。

「今後は色々と面白い事になりそうだがね。おい茂兵衛」

「ははッ」

「今後とも宜しゅう頼むで。ともに頑張ろまい」

「ぎょ、御意ッ」

と、無闇に感動しながら平伏した。何にどう感動したのか、厳密にはよく分からないが、少なくとも、仕える家の大方針を教えてもらえる程度には、自分も信頼されていることは確かなようだ。

家康は深く頷くと、茂兵衛から視線を逸らし、細く開かれた付書院の障子窓越しに庭を眺めた。慶長四年（一五九九）一月二十六日は、新暦に直せば二月二十一日で極寒期である。満開の紅梅が、冷たいそよ風に揺れていた。

五

家康の見立て通りで、対立の回避に動いたのは大坂方が先だった。同年一月の末、利家から家康宛てに親書が届く。二月一日に利家は大坂を発《た》ち、伏見に向かうそうだ。翌二月二日以降、関係改善のために話し合いの場を設けたいと言ってきた。家康としても、おおむね同意だ。

「ほうだら、秀康に返書を託そう」

家康の次男結城秀康は、偶《たま》さか伏見に滞在中だった。急遽、父の書院へと呼び出されて平伏した。

「御前に」

「宰相、大坂まで行ってくれ。前田公に書状を頼みたい」

「ははッ」

現在、秀康の官位は従四位下参議《じゅしいげさんぎ》で、宰相は参議の唐名である。もともと秀康は秀吉の養子でもあり、徳川家の中では最も豊臣家に近い。さらには大坂時代、石田三成と馬が合い、仲が良かったそうな。和解に同意する家康の親書を運ぶには最適の人選だ。現在二十六歳、武人としても、徳川の御曹司としても脂が乗り切っている。

「父上、茂兵衛の鉄砲隊を連れて参りたく存じまするが、いかがでしょう」

「なぜ、鉄砲隊を？」

上座の家康が小首を傾げた。

「なに、箔付けでございます。大坂城は拙者が幼年期を過ごした城。鉄砲百人組を華々しく率いて、故郷に錦を飾りとうございまする」

「たァけ。おまんは和睦《わぼく》の使者だがや。物騒な鉄砲隊など連れて行っては、先方が妙な気を回すわい。馬廻りの者、十人ほどで十分。なにしろ急ぐ、全員騎馬にせェよ」

「たった十人？　えらい地味ですなァ」

秀康は不満顔である。

「おまんは、内大臣徳川家康の倅だがね。それだけで箔は十二分に付いとるから安心せェ」

「でも、それは父上の箔であって、拙者のそれではないです」

「不満ならせいぜい励み、自前の箔を付けることだら。文句ばかり並べず、とっとと行かんか、たァけが！」

「ははッ」

その半刻（約一時間）後には、秀康は馬上の人となり、秀吉が通した京街道《きようかいどう》を大坂に向けて急いでいた。

家康の倅たちは、頭抜けた才人でこそないものの、決して暗愚ではない。秀忠と秀康も、己の才が偉大な父に及ばざることをよく自覚しており、家康や老臣たちの言葉に素直に従うところがある。徳川家の家臣たちは、茂兵衛を含め御曹司たちを頼りなく感じる一方で、誰もが好感を抱いていた。

二月二日、前田家家老の奥村助右衛門《おくむらすけえもん》が徳川屋敷を訪れ、今後の関係修復について、鳥居元忠とさしで話し合った。利家自身も昨夜遅くに木幡山伏見城下の前田屋敷に入っている。

「ね、お頭《かしら》……なんで前田様は家臣なんぞを寄越したのでしょうかね？」

徳川屋敷内の茂兵衛の宿所、大鉢に盛られた香の物を摘まみながら、植田小六が小声で訊ねた。

茂兵衛の甥でもある小六は、今年二十七歳。茂兵衛の鉄砲百人組で四番寄騎を務めている。一歳になる男児の父で、女房は、植田一族の故郷でもある三河国《みかわのくに》植田村で一、二を争う大百姓の娘だ。家禄は百五十石と低いが、分限者の自慢の婿ということで、最近は懐具合が滅法いい。甲冑も刀も、なかなかの名品を使っている。

「だから、仲直りの下交渉ってことだろうさ」

茂兵衛が甥に答えた。

「家来が話し合って式次第が決まれば、その後は御大将同士で正式に手打ちとなるんだよォ」

「や、そらそうでしょうけど……」

ポリポリポリ。

小六が不満そうに呟いて、香の物を齧《かじ》った。

「奴らは家康公のやり方が気に食わねェと、秀頼公を押し立てて、大坂前田屋敷に集まったんでしょ？　ということは、徳川と豊臣の喧嘩なわけですよ」

「まあなァ。そうなるわなァ」

ポリポリポリ。

茂兵衛も香の物を頬張る。白菜や大根の寝惚けた水っぽい味が、強めの塩味でキュッと引き締まって実に美味い。

「だとしたら、前田様の家来が交渉役っていうのはおかしかないですか？」

「格とか身分とか、そういうことか？」

「それもあるけど、喧嘩の当事者が変わってませんかね？」

つまり小六は——利家は徳川と豊臣の間での喧嘩とはせずに、徳川と前田の喧嘩に矮小化しようとしているのではないか、と懸念しているのだ。

「その嫌いはなくもねェわなァ。でもよォ、前田様のお立場も分からんじゃねェだろう」

茂兵衛は苦笑しながら口の中の香の物を飲み下し、言葉を続けた。

「秀頼公の名を掲げて人を集めたはええが、現状ではとてもではねェが、徳川とは喧嘩できねェ」

家康がいう「童と病人と嫌われ者が頭目では無理」ということであろう。

「さればとて、秀頼公を担ぎ出したってことになりゃあ、大坂の方から先に頭を下げるわけにはいかなくなるんだよォ。豊臣家の鼎《かなえ》の軽重を問われる羽目にもなりかねんからなァ」

戦えないし、頭も下げられない。苦境に陥った利家は、自分が泥を被り、家康に頭を下げて和を乞うことにしたものと思われた。

「でも、もしここで家康公が『喧嘩の相手は前田殿ではない。秀頼公だ』と突っぱねたらどうするおつもりなのでしょう。前田様、切羽詰まりますよ」

「うん、それもそうだなァ」

茂兵衛はしばらく考えてから答えた。

「信長公ならやりかねんが……うちの殿様に限って、その手の無理はならないことを、前田様はよく御存知なんだろうさ。人を追い込み過ぎるな。相手が誰であれ人前で恥をかかすな、が殿様の口癖だからなァ」

「ふん、我が殿はお優しいから」

「たァけ、それは違う。そうではねェ」

小六の冷笑を茂兵衛が窘《たしな》めた。

「相手がいかに小さな存在でも、人を追い込み過ぎると、強烈に恨まれて後難が恐ろしい。我が殿は、そのことを骨身に沁みて御存知なだけだァ」

「例えば、どうゆうことです？」

「本能寺《ほんのうじ》」

「あ、なるほど」

「殿様はあの折、御自分も伊賀国《いがのくに》で随分と苦労されたからなァ」

茂兵衛も大層苦労した。正直、思い出すのも辛い。

忌まわしい記憶を振り払うように、また香の物に手を伸ばした。

奥村助右衛門は、鳥居元忠に二つの提案をした。一つは、家康が、家康以外の四大老と石田三成以下の五奉行と相互に誓紙を交わして和解すること。今一つは、両陣営の頭目である家康と利家が、互いの伏見屋敷を相互に訪問し合い、誼《よしみ》を結ぶことだ。

鳥居はその提案を受け入れた。

六

さらに三日後の二月五日、家康は茂兵衛を護衛として伴い、前田屋敷を訪れた。本来ならば、和を乞うてきた利家の方が先に、徳川邸を訪問するのが筋だろう。しかし、利家は病《やまい》が重く、さらには大坂からの旅で相当疲弊しているらしい。徳川屋敷内では「仮病ではねェか？」と訝《いぶか》しむ声も出るには出たが――「ま、疑ったらきりがねェわなァ」

との、家康の鶴の一声で、まずは家康が前田邸を訪問することに決まった次第である。

木幡山伏見城下にある徳川屋敷と前田屋敷は、直線距離で五町（約五百四十五メートル）ほどしか離れていない。歩いても行ける距離だが、内大臣としての体面もあり、家康は馬に乗った。

茂兵衛も愛馬野分に跨《また》がり、家康のすぐ後方を進んだ。周囲に目を光らせる。鉄砲や毒矢での狙撃が一番怖い。もし賊を見つけたら、まずは家康に覆い被さることだ。主人の弾除けとなって死ぬ——茂兵衛自身の生き様としては本意ではないが、一応は弥左右衛門という跡継ぎも出来たことだ。植田家は安泰だろう。寿美や綾乃、七十人はいる家臣たちが路頭に迷う心配はない。

護衛は総勢五十人ほど。全員が一騎当千の猛者《もさ》ぞろいだ。もし、利家が家康を謀殺しようとしても、この五十人なら人の楯を作り、家康を守って無事に逃がすことが可能だろう。もちろん、徳川屋敷の前庭には、鉄砲百人組がすでに鉛弾を装塡し、火鋏《ひばさみ》に燃えた火縄を装着した状態で整列待機している。変事があれば、畿内随一の強力な鉄砲隊が瞬時に駆けつける手筈となっていた。

「それでも、殺《や》られるときは殺《や》られるがね」

家康が、前を向いたまま呟いた。

「殿、縁起でもねェことを申されますな」

聞き咎めた茂兵衛が、周囲を見回しながら小声で応じた。

「でも、そうゆうもんだら？」

「それがしの目の黒い内は、前田様の好きにはさせませぬ」

「頼むぜ茂兵衛殿……ワシもまだ死ぬわけには参らん」

家康も正則も、貴人は物を頼むとき、目下の者に「殿」を付けるらしい。

「当然でございますよ。今死なれては皆が困りまする」

「ワシの倅ども、頼りねェものなァ」

「ぎょ……や、いえいえ」

思わず「御意」と言いかけてようやく言葉を呑み込んだ。まさか若殿方を「頼りない」と貶《けな》す内容に、臣下の立場で頷くわけにはいかない。立派な若君たちだが、前田利家や石田三成のような海千山千と、天下の騙し合いを演じるには、まだまだ力不足だ。

さらに家康が、ボソリと呟いた。

「こんなとき……三郎《さぶろう》が生きておればのう」

（え？）

思わず息を呑み、家康の背中を見た。何事もなかったかのように、肥《ふと》った広い背中は淡々と進んでいく。

三郎――おそらくは、岡崎《おかざき》三郎こと家康の長男信康《のぶやす》のことだろう。信康は永禄《えいろく》二年（一五五九）の生まれだから、生きていれば四十一歳だ。天正《てんしょう》七年（一五七九）の九月、信康が切腹して果てる少し前、夜の山中で、ほんの一言二言、言葉を交わしたことがある。その折の茂兵衛の印象では、腹が据わり聡明な御曹司だったような気がする。老いた家康が若死にした優秀な倅を、惜しむ気持ちも分かるが、彼の死を最終的に認めたのもまた家康なのだ。父親としての情と、徳川家臣団の結束を天秤《かた》にかけ、後者を選んだ末の決断だった。内心忸怩《じくじ》たる思いであったことは想像に難くない。

（ああ、そうか……そうだったのかい）

茂兵衛の心中に、ある着想が浮かんだ。家康が、さしたる知恵者でもない茂兵衛を側近に置いているのは何故か、自分でも謎だったのだが、その理由が分かったような気がした。

（水窪《みさくぼ》の山中で、俺と善四郎《ぜんしろう》様は、単身逃げる信康公を見逃したんだ。結局は服部半蔵の奴に捕縛されちまったが、殿様は、あの時の経緯を人伝手《ひとづて》に聞いたのかもしれねェ。それで俺も善四郎様も、殿様から厚遇されてるのかもなァ）

寿美の弟である松平善四郎は、現在四千石を食み、小馬印《こうまじるし》を立てる侍大将にまで出世している。

ちなみに、半蔵は切腹する信康の介錯役を命じられた。しかし、彼はこれを辞退したのである。というか、切腹の場から逃亡した。皆「鬼の半蔵でも、主筋の首は切れんか」と感じ入ったものだが、半蔵をよく知る茂兵衛は「殿様に睨まれることを恐れて逃げたのさ」と今も確信している。徳川家康という男、本心をさらけ出さないだけに、いったん恨まれるとかなり怖い。

利家の病室へは、家康の他に茂兵衛も入ることが許された。先方は病床に横たわる利家の他には、件《くだん》の奥村助右衛門が同席するばかり。双方二人ずつでの面会は、「害意はないぞ」との前田家側の意思表示、家康への配慮と見た。

そもそも、利家は仮病などではなかった。

素人《しろうと》にも分かるほどの酷いやつれ様だ。土色の顔で横たわる骨と皮の利家を見て、家康の感情の堰堤《えんてい》は決壊した。

「亜相殿……意地など張らず、拙者の方が大坂に参るべきであった」

なんと家康は、大粒の涙をボロボロとこぼしながら、利家の布団の端を両手で摑んで額に押しあてた。利家の病状の酷さを目の当たりにして、よほどの衝撃を受けたのだろう。茂兵衛は主人の反応に驚いたが、とりあえずは平伏し、頭を上げずにいることにした。

「御病気の貴公を伏見まで呼び寄せたるは、家康生涯の不覚にござったわ」

久し振りで家康が大泣きするのを見た。若い頃は結構な激情家で、無闇矢鱈《やたら》と号泣していたものだが、中年以降、声を上げて泣くことはほとんど見なくなっていたのだ。

（これ、殿様、本心から泣いておられるがね。芝居ではねェだろう）

茂兵衛はこの三十数年間、家康とともに歩んできた。若い頃は、多少神経質で皮肉屋な面こそあったが、無益な殺生や酷い仕打ちは一切しなかった。それでいて戦場《いくさば》に出れば誰よりも勇猛果敢、細身に筋肉質の体で槍を振るい、軍兵の先頭に立って戦うことも珍しくはなかった。巷間《こうかん》、「東海一の弓取り」とまで称されていたものだ。

それが今ではどうだ。

でっぷりと肥え太った赤ら顔で、狸親父とか呼ばれ、悪の巨魁《きょかい》のような風貌に変貌している。その過程を側ですべて見てきた茂兵衛としては、久し振りに見る主人の青年のような激情ぶりに、ある種の感動すら覚えていた。

「な、内府様……」

利家は、奥村の手を借りて上体を起こし、布団の上に座った。

「もういけませんわ。最近では鉄色の糞が出より申す」

と、消え入りそうな声で呟き、寂しげに笑った。

今年利家は六十二歳になった。癪《しゃく》の病（腹痛）が重篤で、痩《や》せて飲食もままならず、「鉄色の便が出る」というのだから、おそらくは消化管のどこかに癌でも患っていたのであろう。

「お気の弱いことを申されますな」

涙を拭くこともせずに家康が窘めた。

「思い出されよ。我ら今日まで、故右大臣家、故太閤様の下で幾たび『もういかん』と観念してきたことか」

「ハハハ、確かに」

「それでも、いつもなんとかなったでござろう？」

「然り、然り……ハハハ」

と、笑っていた顔が急に真剣な顔となり、おもむろに布団の中へと手を入れた。

（ん⁉）

一瞬、狭い室内に殺気が漲《みなぎ》り、茂兵衛は腰の脇差を引きつけた。

死にかけている病人が布団を機敏に撥ね上げる。なんと、抜き身の脇差を手にしているではないか。

ダダン。

そのまま家康に抱き着くようにして押し倒し、馬乗りとなり、切っ先を喉元に突きつけたのだ。

（糞がッ！）

茂兵衛は機敏に片膝で立ち、素早く脇差を抜刀した。負けじと奥村も脇差を抜いて身構える。

「動くなやッ！」

利家が茂兵衛を睨んで吼《ほ》えた。

「殺しはしねェ！」

嘘のような大声だ。前田利家、本当に仮病だったのかも知れない。

その手に握られた幅広の脇差——鈍く光る刀身は尋常ではない。おそらくは備《び》州《しゅう》長船《おさふね》「大坂長義《おおさかちょうぎ》」なのであろう。故太閤から利家が拝領した稀代の名脇差だ。

「太閤様が逝《い》かれ、ワシと貴公が死ねば、天下は大いに乱れよう。秀頼公、秀忠殿はまだお若く、大崎《おおさき》侍従（伊達政宗）や石田治部に天下を統《す》べる徳はない。上杉、毛利、宇喜多の如きは、二万か三万の軍勢を指揮するのがせいぜいよ。国内の混乱に乗じ、我が国に恨み骨髄の明国朝鮮が攻め寄せてくるやも知れん。貴公を殺せば、或いは秀頼公は安泰やも知れんが、日本国が滅びては本末転倒だからのう。だから貴公は……今は……こ、殺さん……うぐッ」

利家は咳き込み、少し血を吐いた。その数滴は組み敷かれた家康の衣服の襟元を汚した。茂兵衛は「頃合い」を見計らっていた。

（やるなら今か？　まず利家を蹴り倒し、奥村を刺し殺す。即死させるなら狙うのは喉しかあるまい。後は殿様と二人で利家をひっ掴み、喉元に刀を突きつけて『寄れば刺し殺す』と家来どもを脅しながら護衛がいる場所まで、この死にぞこないを引き摺っていけばええ……よし、やるか！）

と、脇差を握る手に力を込めた刹那——

「動くなァ！　最後まで聞けェ」

と、利家から睨まれ、一喝された。さすがは実戦で鍛え上げられた古強者《ふるつわもの》、茂兵衛の発する殺気に感応したものらしい。これはさすがに動けない。少しでも動けば、家康の喉は大坂長義でズブリと貫かれるだろう。

「殺しはせんが……だがなァ」

肩で息をしながら利家は、家康の顔を覗き込んだ。

「ワシの死後、万が一にも貴公が秀頼公に仇《あだ》なしたる場合、ワシの魂魄《こんぱく》はこの地に留まり、貴公とその子々孫々を、未来永劫祟《たた》るであろうぞ。呪うであろうぞ。内府様、御存念やいかに？」

ここで二人の武将は、上と下でしばらく睨み合った。

「わ、分かった。秀頼公と豊臣家の反目には回らん。ワシの命ある限り、豊臣家に忠勤を尽くす」

「間違いないかァ？」

利家が確認を求めた。その声は酷く苦しげだ。

「ま、間違いない」

そう答えた家康の声もまた苦しげだ。利家に伸《の》し掛かられ、喉に脇差を突きつけられているのだから無理もない。

「武士に二言は？」

「ない！」

「本当にないな？」

「ないッ」

「そ、そ、それは……重畳《ちょうじょう》……」

安堵したように大坂長義の切っ先を家康の喉から離したと同時に――

「グエ――ッ」

大量の血を吐き、畳の上に突っ伏した。茂兵衛は委細構わず、脇差を抜いたまま利家と家康の間に割って入り、主人に覆い被さった。迷いは一切なかった。

「糞ッ、この小袖はもう使えんなァ」

徳川屋敷へと戻る鞍上《あんじょう》、家康が利家の血で染まった己が襟元を、嫌そうに眺めて呟いた。

「だいたい、祟るって……あれでも脅しのつもりかい？」

家康の機嫌はもの凄く悪く、吐き捨てるように言った。

「利家殿は腹も確かにお悪いのだろうが、むしろ、ここが老耄《ろうもう》されたのではねェかな？」

と、己が蟀谷《こめかみ》を指先で数度叩いてみせた。とことん苛ついている。脅されて無理矢理誓約させられたことが、よほど無念だったのだろう。

「なあ、茂兵衛よ？」

「はッ」

家康のすぐ後方で野分を進めながら返事をした。

「おまん、今まで戦場で十人や二十人は殺しとろう？」

（おいおいおい、嫌だなァ……桁が違うがな）

「この手で、二百人は殺し申した」

「ほう、そんなにか……」

と、わずかに振り返り、心配そうに茂兵衛を見た。

「おまん、地獄行きは決まったようなもんだがね」

「御意ッ」

確かに自分でもそう思う。こんな自分が極楽に行けるなら、神も仏もないものだと思う。

「で、それだけ殺したんだ。妙な目に遭ったことはねェのか？」

「妙な目でございまするか？」

「ほうだら。祟られたとか、呪われたとかよ」

(なんだ、殿様、利家の「祟る」をえらく気にされとるがね)

「ああ、なるほど」

「あるのか？」

と、また振り返った。

「幸か不幸か、祟りや幽霊の類《たぐい》は一度も……はい」

実をいえば、幾度か不思議な体験はしている。ただ、「祟るぞ」と脅された家康の気分を思えば、ここは完全否定しておくべきと分別した。

「二百人殺しても祟りはなかったと申すわけだな？　幽霊も見たことがねェと」

「御意ッ」

「ふん、ま、そんなもんだら」

しばらく会話が途絶えた。殺気立って周囲を固める護衛の鬼武者たちが、主人と鉄砲百人組頭の極めて高尚、かつ宗教的な会話を耳にし、複雑な顔をしている。

「おまん、神仏は一切信じんのか？」

「見えんものを信じる気にはなれませんが、ただ、何事かあると、思わずナンマンダブと唱えておりまする」

「神仏などおらんと思うのだろ？　何のために称名する？」

「それは……」

言葉に詰まり、少し考えた。

「童のころからの……習い性、でございましょうか？」

「習い性だと？」

「御意ッ」

「たァけが……でも、ま、おまんらしいわ、ハハハ」

その後は、双方なにも喋らずに進んだ。徳川屋敷はもうすぐそこだ。

茂兵衛が思うに、利家はやり方を間違えたのだ。

あの折、病状を見て本気で同情し、身も世もなく号泣していた家康に対しては、脅しなどではなく、むしろ情にこそ訴えるべきだったのだ。忠臣前田利家の強硬策は裏目に出た。ひょっとしてもしかして、本日あの時、豊臣家と秀頼の命運は「定まったのかも知れない」と考える茂兵衛であった。

その後、家康は木幡山伏見城下の徳川屋敷を出て、宇治川《うじがわ》を南へ渡った先の向島城《むかいじまじょう》へと移ることになった。向島城は文禄《ぶんろく》三年（一五九四）、秀吉により、指月伏見城の支城として築かれた。小ぶりだが美麗かつ瀟洒《しょうしゃ》な城で、指月伏見城防衛上の役目の他に、観月用の別邸としての役割も与えられていたようだ。

旧徳川屋敷は大手門から三町（約三百二十七メートル）ほどの距離にあった。一等地には相違ないが、北を宇喜多秀家、東を小西行長、南を石田三成、西を宮部善祥坊継潤《みやべぜんしょうぼうけいじゅん》の屋敷に囲まれている。豊臣家への忠誠心が殊に強い家ばかりだ。その点を鳥居元忠が、奥村助右衛門に捻じ込み、向島城に住むことを了承させた次第である。

二月十八日、五大老五奉行の判断で秀吉の死が公表された。

この直後から利家の病はさらに悪化していく。

第二章　七将襲撃事件顚末

一

その後は、木幡山伏見城《こはたやまふしみじょう》に平穏な日々が戻ってきた。

家康は毎日登城し、石田三成以下の五奉行とともに政務を執っている。前田利家の病状は小康状態となり、輿を仕立てて大坂《おおさか》へと帰って行った。

武断派も文治派も、有力大名たちは皆、伏見と大坂を行き来しては、徳川と豊臣の双方に良い顔をしようとしている。

茂兵衛も家康の護衛役として毎日登城していたが、主人の執務が早く終わった日には、許しを得て福島屋敷へと回った。大概正則は屋敷に居たから、彼と酒を飲み、談笑し、酔って帰る。

二月上旬の和睦で、徳川家と福島家、加藤家、伊達家との縁組は黙認されることとなったが、新たに黒田家、蜂須賀《はちすか》家との縁組が模索され始めている。故太閤の御掟が、大名間の勝手な縁組を禁じているのは今も変わらない。つまり、家康はやりたい放題なのだ。

特に、加藤、福島、蜂須賀など豊臣恩顧の武断派との縁組が多い。豊臣家から見れば「身内に手を突っ込まれている」印象であろう。

家康以外の四大老と三成ら五奉行が、この家康の露骨な多数派工作を快く思うはずがない。伏見界隈《かいわい》は、表面上は平穏そうに見えても、水面下では、暗闘が日々繰り広げられていた。

（なにせ九対一だからなァ。俺なら凹んで気鬱になるわ。殿様は図太いというか、横着というか、全く気にしておられん風だわなァ。大した狸だわ）

と、茂兵衛が主人家康の面の皮の厚さに感心していた折も折、血腥《ちなまぐさ》い事件が勃発した。

慶長《けいちょう》四年（一五九九）三月九日、島津家の若き当主島津忠恒《ただつね》が、同家筆頭家老の伊集院忠棟《いじゅういんただむね》を伏見城下の島津屋敷内で斬り殺したのだ。

「なんと、物騒な」

山のように積まれた書類に囲まれ、小姓五人に手伝わせて熱心に執務をとっていた家康が、筆を止めて顔を上げた。茂兵衛は木幡山伏見城内に設けられた家康の執務室の隅で、一人端座して警戒を怠らない。家康の一間（約一・八メートル）前に控えるのは、石田治部少輔《じぶしょう》三成なのだから。三成が武辺者とは聞かないが、それでもまだ若く体力がある。脇差を抜いて家康に襲い掛からぬとも限らない。死にかかっていた前田利家でもあの通りだ。危機一髪だった。護衛役の茂兵衛としては気が抜けない。

「内府《ないふ》様、この件、いかが取り計らいましょうや？」

三成が家康に返事を求めた。

三成の容貌は、見るからに秀才だ。大きく頭の鉢が開いており、目つきが鋭い。さらに引き締まった薄い唇——ただし、声は濁声《だみごえ》である。甲高くはあるが濁声だ。彼は今年四十歳。初陣《ういじん》はまだ秀吉が長浜《ながはま》城主だったころと聞くから、戦場の経験は十分なはずだ。戦場に幾度か出て、敵や味方を怒鳴りつけているうちに、武士は自然に喉が潰れて濁声になる。茂兵衛はもちろん、秀吉も家康も、本多平八郎も福島正則も、誰もが同じだ。三成も例外ではない。怜悧な御殿官僚が喋り出すと、まるでひき蛙のような声なので、傍らで聞いていて茂兵衛はいつも笑いをこらえるのに必死である。ただ、三成が徳川を目の敵《かたき》にしているのも事実で、死にかけている前田利家以上に、家康は三成を警戒していた。

「や、ただ、あれだなァ」

家康が、腕組みをして小首を傾げつつ、三成に告げた。

「忠恒殿は島津家当主。一方の伊集院は家老とはいえ一介の家臣にすぎん。手討ちは物騒だが、これは島津家内部の問題ではないのかな？　家臣を手討ちにするのは当主の権能の範囲内かと思われる。つまりワシが、あの植田を手討ちにするようなものよ、な、茂兵衛？」

「ぎ、御意……」

多少噎《む》せたが、かろうじて返事をした。

「お言葉ですが」

三成は、茂兵衛に一瞥もくれることなく濁声で家康に反論した。

「伊集院家は故太閤殿下より朱印を受けており、都　城《みやこのじよう》八万石は独立した大名家とも言えまする」

「伊集院家は陪臣《ばいしん》ではないと申されるか？」

「御意ッ」

伊集院家が秀吉直属の家臣（直臣）だとしたら、島津と伊集院は、豊臣家支配秩序下では身分的に同格であろう。家康の「成敗は主人の権能の内」との論拠は成り立たなくなる。

「島津の版図に都城は入っておらぬのかな？」

「や、それは入っております」

「だとしたら……」

「内府様、拙者思いまするに、肝要なことは『故太閤殿下の御真意は奈辺にありや』ということかと存じまする」

「そこには同意じゃ」

「ならば……」

三成は、秀吉が朱印状をもって都城八万石を伊集院家に与えたからには、その意思を尊重し、伊集院は独立した大名家として扱うべきだと譲らない。

ちなみに、朱印は公文書にのみ押される。私的文書に押される黒印と区別された。これが押してあると正式の文書として扱われ、朱印状とも呼ばれる。秀吉の朱印が押された文書で都城の領地が認められたからには、伊集院家を島津家から独立した大名家とせねば、豊臣家の威信に関わると三成は考えているようだ。

「貴公の論拠は是とする。ただ、これはよほど揉めるぞ？」

と、家康が顔を顰《しか》めて首筋を掻いた。

主人が家臣を手討ちにして、それを豊臣家から咎められては、島津は黙っていまい。当主の懲罰権に制約をかけられるのは、内政への干渉を許すことにもなりかねないからだ。

「揉めても致し方ございません。こちらには大義名分がござる」

と、三成は原理原則を譲らない。

「大義名分も悪くはねェが……これは相手にもよるからのう。島津は強く、かつ薩摩《さつま》は遠い」

「逆に、これを曖昧に済ませますと、主人を殺された伊集院家が黙っておりますまい。島津に戦を挑むようなことにでもなれば、いかがされます？　伊集院は八万石の所領があり、侮《あなど》れませぬ」

「内乱か？」

「御意」

「惣無事令に違背することになる」

「御意……さればこその大義名分」

「貴公、ちと頭が固いのう」

家康が少し嫌そうな顔をした。

「申しわけございません」

と、三成が無表情のまま平伏した。

「どうするかのう」

と、しばらく考えていた家康が、妥協案を提示した。

「では、こう致してはいかが？　まず、故太閤殿下が残された朱印状により、伊集院は独立した大名家と認めよう」

「同意ッ」

三成が深く頷いた。

「ただ、伊集院家は長年にわたり、島津家に家臣として仕えてきた経緯もある。よって、手討ちにした島津忠恒の気持ちも分かるとゆうことさ」

「……」

三成は返事をしなかった。

「よって忠恒には罰を与える一方で、厳罰には処さず。しばらくの間、高野山《こうやさん》にて謹慎を命じると……これでいかが？」

「謹慎？　随分と軽うござるな」

「もし島津が激怒して、兵を挙げたらなんとされる。貴公は今一度、九州征伐をされるおつもりか？　朝鮮《ちょうせん》での傷も癒えぬ大名衆は、さぞや不満を募らせるでありましょうなァ」

と、家康が三成の目を覗き込んだ。三成は、表情を崩すことなく家康から視線を逸らした。

「……分かり申した。お言葉に従いまする」

と、ようやく平伏したので、ハラハラしながら眺めていた茂兵衛は安堵の吐息を漏らした。

その翌月、慶長四年（一五九九）閏《うるう》三月の三日。前田利家が大坂城下の自邸内で逝った。

政治的に軍事的に、また実績や人望の点からも、利家は豊臣と徳川を仲裁しうる唯一無二の人物であった。と同時に、豊臣家内部での武断派と文治派の対立を調停しうる替えの利かない人物でもあったのだ。

文治派の石田三成が、対家康で利家と共闘していたのはもちろんだが、武断派の領袖《りようしゆう》である加藤清正や福島正則も、「前田様にだけは頭が上がらぬ」と一目置いていた。その重鎮が死んだのだ。歯止めが利かなくなり、武断派と文治派の対立は一挙に激化した。

利家が死んだ三日の夜の内には、早速に大坂城下の石田邸が、加藤清正ら武断派の七将に襲撃される。

加藤清正、福島正則、細川忠興、池田輝政、浅野幸長《ゆきなが》、藤堂高虎、黒田長政の七人が石田邸門前に顔を揃えた。

襲撃といっても惣無事令がある。二月の家康と利家の睨み合いと同じような展開となった。この夜の騒動に関しては、甲冑を着て、鉄砲を撃ちかけ、派手に殺し合うというほどの本格的な襲撃ではない。強談判やら怒鳴り込み、喧嘩と呼んだ方が近い。

ドンドンドン。ドンドンドン。

——鉄砲ではない。裃《かみしも》姿の清正が石田邸の閉ざされた門扉《もんぴ》を拳で叩いた音だ。

「主計頭《かずえのかみ》である。治部少輔、出てこんかァ！　蔚山城《ウルサンソン》の件で申したいことが千も万もある。殺しはせぬゆえ、顔を見せよ！」

と、清正が叫んだ。背後に並んだ正則たち六人が、呼応して怒声を浴びせた。ちなみに、これでも清正は七人の中では一番の紳士なのだ。背後の六人は、もう少し品がない。自制が利かない。細川忠興などは育ちも良く、それなりに才人なのだが、いかんせん興奮性の激情型ときている。もちろん、一番口が悪いのは福島正則で間違いない。

「こりゃあ、治部少輔！　とっとと面《つら》ァ出さんかァ！　グズグズしとると、おみゃあの珍宝ひっこ抜いて、尻《けつ》の穴に捻じ込むどォ！」

「これ市松《いちまつ》……品がねェ！」

清正が、ふり返って正則を窘めた。

「そんな酷《ひで》ェこと言われたら、治部少輔も出てこれんがね」

「上品に言ったからって、出てくるものではねェわ。虎之助、七面倒臭いことやってねェで、この糞門を蹴破って邸内へ踏み込もうぜ」

狂暴な七将がいて、その背後には家臣たちが百人以上もいる。襲われた石田邸側から見れば、寄せ手が甲冑を着ていないだけで、戦《いくさ》を仕掛けられたのとさほどには変わらない。

ドンドンドン。ドンドンドン。

「お〜い、治部少輔、早うここを開けんと、市松が蹴破って押し入るとゆうとるぞォ。えぇのかァ」

蹴破られては大変と思ったか、潜《くぐ》り戸《ど》が静かに開き、平装の若い武士が一人出てきた。清正に向かい慇懃《いんぎん》に小腰を屈める。

「主計頭様、当家主《あるじ》、石田治部少輔は現在、外出中にございまして……」

「嘘つけェ！」

正則が若い武士を怒鳴りつけた。

「嘘ではございません。門を開きますゆえ、もし宜しければ、邸内を存分に御検分のほどを」

と、門扉がギィと軋《きし》みながら開いた。正則を先頭に、皆が石田邸に雪崩《なだ》れ込み、家捜しをしたが、三成の姿はどこにもなかった。

それもそのはずで、七将に囲まれた三成はいったん佐竹義宣の屋敷へと逃げ込み、馬を仕立て、その夜のうちに伏見へ向けて逃亡していたのだ。

それを知った七将は烈火の如くに怒った。

「治部少輔、我らを虚仮《こけ》にしおって」

「我らは甲冑も着けずに、話し合いをするつもりでここまで来た。しかし、無駄であった」

「我らの寛容もこれまで、もう遠慮は要らん。鉄砲隊を連れ、甲冑を着て、治部少輔と一戦する覚悟をもって伏見に参ろう」

と、それぞれの屋敷に向かって駆け出した。

その翌朝——閏三月四日、向島城《むかいじまじょう》の櫓《やぐら》から、宇治川《うじがわ》を隔てて十五町（約千六百メートル）彼方の木幡山伏見城を遠望した家康は仰天した。未明に石田三成が大坂から戻り「城内にある己が屋敷に入った」とは聞いていたが、夜が明けてみると随分と物々しい光景が、宇治川越しに眺められたからだ。

木幡山伏見城の大手門は、城の南西側に、南に向けて開いている。門を潜って城内に入ると、正面で高い石垣が行く手を遮《さえぎ》り、その上には数多《あまた》の鉄砲狭間が穿《うが》たれた多聞《たもん》櫓が鎮座していた。多聞櫓——細長い長屋造の防衛施設で、永禄《えいろく》三年（一五六〇）に松永久秀《まつながひさひで》が築いた「多聞山城」に初めて設《しつら》えられたことから、その名がある。で、その石垣と多聞櫓は石田三成邸の一部となっていた。大手門から入ってくる攻城側の兵を迎え撃つ、最初の砦こそがこの石田曲輪《くるわ》なのだ。その石田邸を二千人ほどの軍勢が、取り囲んだという。向島城にも、軍馬の嘶《いなな》きなど、騒然とした様子は伝わってきた。まるで城攻めだ。明確なる惣無事令違反ではないか。

「申し上げます」

伏見城下と向島城とを結ぶ豊後《ぶんご》橋を渡って、遥々《はるばる》物見をしてきた小姓が跪《ひざまず》いて家康に復命した。

「大一大万大吉《だいいちだいまんだいきち》紋が石田曲輪内に立ち並び、沢瀉《おもだか》紋と蛇《じゃ》ノ目《め》紋、九曜《くよう》紋などの諸隊が曲輪を囲んでおりまする。その数、およそ二、三千」

大一大万大吉紋は石田三成の定紋だ。沢瀉紋は福島正則、蛇ノ目紋は加藤清正、九曜紋は細川忠興であろう。

「戦は始まっておるようか？」

「いえ、まだ睨み合っているだけかと思われまする」

確かに、銃声は聞こえてこない。

「又八郎《またはちろう》(松平家忠)と茂兵衛を呼べ！　急げ！」

家康が叫んだ。

家康は、慎重な松平家忠指揮の下、茂兵衛の鉄砲百人組を石田曲輪へと向かわせることにした。徳川隊の目的はあくまでも喧嘩――もうほとんど戦だが――の仲裁である。

「ええか又八郎、和戦両様や。和戦両様でいけや」

「と、申されますと？」

家忠が怪訝《けげん》そうな顔をして、小首を傾げた。

「こちらが腹を括って当たらねば、喧嘩の仲裁などできるものではねェぞ」

いつになく家康は苛ついている。

「ただし、くれぐれも治部少輔を死なすな。これが第一じゃ。一方で、徳川はあくまでも加藤、福島ら武断派の味方だがね。これはことの善悪理非ではねェ。そこを取り違えるなよ」

「あ、あの……」

生真面目な家忠は当惑顔である。いつもと違って、家康の命令は具体性と厳密さに欠けている。曖昧模糊としている。一方の味方をしながら、一方の大将を死なせないのが第一義ときた。よく分からない。本来、この手の命令の出し方は最悪である。

「たァけ。辛気臭《くせ》ェ面をするな。詳しいことは茂兵衛に訊け。すべて奴が心得とるわい」

「あ、あんの……」

今度は茂兵衛が当惑である。元より、なにをどうすべきなのか、何も聞いていないし、分からない。

「たァけ、おまんらの血の巡りの悪さのせいで、今頃清正が石田邸の城門を蹴破っとるやもしれんぞ！　疾《と》く行けェ！　走りながら考えろ！」

「御意ッ」

と、家忠ともども駆け出した。

二

「で、ここはいかがする？」

四半刻（約三十分）後、轡《くつわ》を並べて豊後橋を渡りながら、心細げに家忠が顔を寄せてきた。野分の蹄《ひづめ》が、ゴトゴトと木橋を蹴っている。

「な、茂兵衛よ。治部少輔は守れ。一方で、加藤、福島勢の味方をせよ……よう分からん。殿は我らにどうせよと仰せなのか？」

「や、それがしにもさっぱり」

茂兵衛も小首を傾げながら答えた。

場合によっては相矛盾する使命を与えられてしまった。困惑しても当然だ。

馬上の家忠と茂兵衛は裃姿である。例によって、足軽たちにも具足は着せていない。陣笠さえ被らせない。伊賀袴に襷、鉢巻のみである。ただし、槍や鉄砲などの得物はちゃんと持たせてある。これが家康のいう和戦両様だと解釈し、そのように命じた。徳川はあくまでも喧嘩の仲裁役ではあるが、いざとなったら戦いも辞さぬ姿勢だ。

「結局さ……」

家忠が首を突き出し、小声で囁いた。

「はい」

「殿は我ら二人に、『死ね』と言われているような気がするなァ」

「な、なるほどね」

家康の命令に具体性が乏しく、曖昧模糊としていたのは、さすがに「おまんら死んでくれ」とは命じづらかったからかも知れない。三成の弾除けとなり、抵抗せずに、清正らの弾に当たって死ねばいい。結果、三成は生き、清正らは無抵抗の徳川本枝と家康の寵臣を殺したという負い目、借りを作ったことになる。兵を退かざるを得なくなるだろう。さもなくば「今度は徳川がお相手致す」ということにもなりかねない。

「茂兵衛、鉄砲の暴発だけは困るぞ」

かなり緊張した場面が予想される。間違って鉄砲が暴発し、それを契機に大合戦が始まってしまうと取り返しがつかない。

「ははッ」

と、頷いて鞍上から背後の横山左馬之助《よこやまさまのすけ》に振り返った。

「左馬之助、火蓋がちゃんと閉じとるか確認させろ。火縄は火鋏《ひばさみ》から外し胴火《どうか》（火縄入れ）に仕舞わせろ。暴発は許さんぞ！」

「委細承知ッ！」

と、頼りになる筆頭寄騎が機敏に馬首を巡らせ駆け去った。

「待たれよッ」

大手門前で、衛士の兜《かぶと》武者が走り出た。二十人ほどの槍武者が背後に続く。

薬医門の門扉は固く閉ざされ、桝形虎口《こぐち》奥の渡り櫓には鉄砲の影も窺える。やる気満々らしい。

「どちら様で？　どこに向かわれるのか？」

「拙者、徳川内府が家臣、松平主殿助《とのものすけ》（家忠）と申す者。貴公はどちらの御家中か？」

「せ、拙者は……」

衛士が口籠った。やはり今般の軍事行動が、故太閤の惣無事令に反している自覚はあるようだ。

「あのように旗指物《はたさしもの》を大仰に掲げて兵を出しておるのだ。今さら隠すこともあるまいよ、白々しい！」

家忠が、沢瀉や蛇ノ目の幟旗《のぼりばた》が林立する石田曲輪の方を指して怒鳴った。

衛士は背後の槍武者たちと目配せし合っていたが、やがて声を張った。

「拙者、加藤主計頭が家臣、戸倉錬三《とくられんぞう》！　主命をもって伏見城大手門を固めておりまする」

「戸倉殿とやら。貴公は伏見城の城番は誰か存じておられるのか？」

「徳川内府様にございまする」

「その城番の命により、拙者は城内に入る必要がござる。門を開かれよ」

「鉄砲隊を城内に入れるわけには参りません」

清正の家臣、強硬だ。

「五大老筆頭徳川家康の命である。門を開かれよ。それとも、徳川家と一戦交える御覚悟か？」

「鉄砲隊ッ、火縄を火鋏に着けよ！」

機を見て茂兵衛が命じた。左馬之助は一瞬妙な顔をしたが、それでもすぐに大声で復唱した。次席以下の寄騎たちが次々に復唱する。百人の鉄砲足軽が、即座に命令を実行した。

衛士戸倉の顔色がサッと変わる。鉄砲百人組の斉射の破壊力は、広く喧伝されているのだ。桝形虎口の薬医門など、一斉射でボロボロにされる。

「火蓋を切れェ！」

「火蓋を切れェ！」

「火蓋を切れェ！」

ただし、銃身の中に、弾と火薬は装塡されていない。引鉄《ひきがね》を引いてもカチンと空《むな》しく鳴るだけだ。火縄を着けろと命じられた左馬之助以下が妙な顔をしたゆえんである。

「お、お待ち下され」

ただ、さすがに戸倉は慌て始めた。

「我ら、徳川家と諍うつもりなど毛頭ござらん」

「ならば門扉を開かれよ！」

「や、しかし……それは」

「な、戸倉殿……」

ここで家忠の声が軟化した。猫なで声だ。強談判ばかりが交渉ではない。

「見ての通り、我らは平装じゃ。甲冑も兜も着けておらん。決して戦のために入城するわけではない。むしろ喧嘩の仲裁よ。主計頭様には、故太閤殿下の御掟の枢要な法度たる惣無事令に反する意図など微塵もないと、我が主人は信じておるが、その点はいかがかな？」

「無論でござる。惣無事令に反する意図など毛頭ございません」

「それは重畳、安堵致した。ならば、今般の騒動は単なる喧嘩じゃな。な、戸倉殿、そうじゃな？」

「ぎょ、御意ッ」

「徳川は、五大老筆頭者として、天下のために、石田家と加藤家、福島家との喧嘩を仲裁致したい。それだけよ」

なかなかの口達者だ。家忠は今年四十五歳。伏見の徳川勢においては鳥居元忠に次ぐ地位で、主に他家との交渉を担当している。毎日就寝前に日記をつける几帳面な男で、茂兵衛の義弟にあたる松平善四郎とは無二の朋輩だ。

「そこは、よう分かりまするが……」

戸倉が困惑の表情を浮かべた。

「お分かりならば、門を開かれよ。不測の事態が勃発する前に、我らは喧嘩の現場に駆けつけねばならぬ。いったん鉄砲の撃ちあいとなれば、喧嘩では済まぬぞ。惣無事令違反として主計頭様も厳しく譴責されよう。そうならぬ前に、疾く、門扉を開かれよ！」

「や、しかし……」

「戸倉殿」

横から茂兵衛が口を挟んだ。家忠への援護射撃である。

「それがし、徳川内府が家来、植田茂兵衛と申す。思うに主計頭様は、背後の小西邸と宇喜多邸の動向を用心して、この大手門の守りを固めておられるものと推察致しますが、いかが？」

大手門の南側、すぐそこに宇喜多秀家と小西行長の屋敷が見えている。二人はともに石田三成に近い。清正や正則としては、両家からの援軍に「大手門を潜られると厄介」と警戒し、門を閉ざしているものと思われた。

「確かに、お察しの通りにございまする」

「繰り返すが我らは、加藤家、福島家のお味方にござる」

茂兵衛が続けた。

「両家には徳川の姫君が嫁《か》する運びとなっておる。言わば親戚同士でござれば、悪《あ》しゅうは致さん。我らをお通しになった直後に、大手門を再び閉じて、守りを固められてはいかが？」

「と、戸倉様……」

背後の槍武者衆の間から、戸倉に決断を促すような声がかかった。決断——その声色は多少とも遠慮がちで、少なくとも「眼前の鉄砲隊と遣り合おう」との過激な意思は含まれていないようだ。戸倉も同様に感じたものか、背後を振り向き、軽く頷いてみせた。

「で、では……そ、そのように致します」

遂に戸倉が折れ、茂兵衛と家忠は、互いに見交わして微笑んだ。茂兵衛たちは渋々開かれた薬医門を潜り、枡形の奥の渡り櫓門を潜り、木幡山伏見城内へと進んだ。

木幡山伏見城は、大坂城のような巨大城郭でこそないが、決して狭小な城ではない。敷地は、四半里（約一キロ）四方はあろうか。ただ、内部は幾つもの曲輪に分かれており、重臣《おとな》たちの屋敷が立ち並ぶ。広々とした空間が確保されているわけではない。せいぜい二町（約二百十八メートル）四方ほどの石田曲輪を、三千人の人馬で囲めば、立錐《りっすい》の余地もなくなる。寄せ手には、綺羅星の如き大名家の旗指物が林立していた。蛇ノ目、沢瀉、九曜の他にも、三つ藤巴《ふじどもえ》（黒田長政）、揚羽蝶《あげはちょう》（池田輝政）、鷹《たか》ノ羽《は》（浅野幸長）、下《さが》り藤《ふじ》（加藤嘉明）などの幟旗だ。

「又八郎様」

茂兵衛は野分を家忠の馬に寄せ、耳打ちした。

「石田曲輪の北側は長束正家様のお屋敷にござる。さらにその東には前田玄以様のお屋敷が……」

両家は五奉行衆で三成に極めて近い。ほとんど同志だ。家忠が舌打ちした。

「糞ッ、そこを忘れとったわ」

もしも長束家、前田家から援軍が押し出してくれれば、五奉行側と七将側の勢力は拮抗し、血で血を洗う壮絶な合戦ともなりかねない。

「で、これは御提案なのですが……」

遠慮がちに切り出した。家忠は徳川の御一門衆であり、下総国《しもうさのくに》小見川《おみがわ》で一万石を食《は》む大名だ。

「構わん、ゆうてみりん」

茂兵衛は、二手に分かれることを提案した。交渉上手の家忠は長束正家邸、前田玄以邸を順にまわり、石田曲輪に援兵を出さぬよう釘を刺す。鉄砲百人組を率いる茂兵衛は、鉄砲隊とともに、石田曲輪と七将の軍勢の間に割って入る。

「つまり、百人組を両軍の緩衝地とする策か？」

「御意ッ。同時にそれがしが福島勢の本陣に拾遺《しゅうい》様をお訪ねし、兵を退くように説得致しまする」

「拾遺様は、おまんの飲み仲間だからな。でも相当頭に血が上っておられるぞ」

「ま、なんとか致します」

「では、その手で参るか。茂兵衛、頼んだぞ」

「又八郎様も、お気をつけて」

と、二人は別れた。

三

石田曲輪を囲む諸隊の背後に、茂兵衛たちは整列した。諸隊の兵たちが、チラチラとこちらを窺っている。鉄砲百挺装備の徳川隊に尻を向けているのだ。そりゃ誰でも怖い。

「左馬之助、全員、鉄砲を上下逆さに担がせよ」

「はあ？」

「たァけ。妙な面《つら》ァするな！　撃つ意思がねェことを表すために、銃口を下にして担がせろとゆうとるんだわ」

「御意ッ」

甲冑も陣笠もなし、空の鉄砲を逆さに担いだ鉄砲隊なら、さすがに戦う意思がないことは明々白々だ。

「三《み》つ葉葵《ばあおい》の旗指を全部先頭に集めろ」

「御意ッ」

「鉄砲隊、前へ！」

さあ、ここからは命を的の大冒険である。茂兵衛の当面の目標は、鉄砲百人組を石田曲輪の門前に整列させることだ。七将の諸隊と石田勢の間に布陣し、両者の緩衝地帯となるべし。そのためには諸隊の間をすり抜けて進み、前に出なければならない。

怒り狂って大坂から夜通し駆けてきた七将勢は、疲れてもいよう。気が立ってもいよう。冷静な判断が出来ないかも知れない。しかも、多くは朝鮮半島で外国相手に戦ってきた猛者揃いだ。対する茂兵衛隊は弾も火薬も装塡していない。下手をすると皆殺しにされかねない。

茂兵衛は、隊列の先頭に立って野分を進めた。すぐ背後から、二十流ほどの旗指物がついてくる。すべて三つ葉葵を縦に三つ染め抜いた幟旗だ。実に頼もしい。こんなに徳川の家紋をありがたく感じたことは未だかつてなかった。

（よし、鷹ノ羽と下り藤の間を進もう）

と、茂兵衛は腹を括った。鷹ノ羽は浅野家、下り藤は加藤嘉明家の家紋だ。

（両家とも数が少ねェし、浅野幸長様のお父上は五奉行のお一人だ。加藤嘉明様は分別のあるお方と聞いたことがある。弾みで無闇矢鱈と攻めかかってくること

もあるめェよ)

「それがし、徳川内府が家来にて、植田茂兵衛と申す者にござる」

大音声《だいおんじょう》で呼ばわりながら、野分をゆっくりと進めた。

「主命により、御両所間の喧嘩の仲裁に参上致した。お通し願いたい。はい御免。はい御免。ちょいと御免なさいよォ」

鷹ノ羽と下り藤の旗指物が、波が引くように左右へと分かれ、その間を、葵紋を押し立て、得物を逆さに担いだ珍妙な足軽隊が静々と進んだ。

「こりゃあ、茂兵衛、おみゃあ、なにしとるかァ!」

この品のない声は福島正則だ。一町(約百九メートル)右で茂兵衛の姿を認め、馬上で怒声を張り上げている。曰くつきの黒漆塗桃形大水牛脇立兜《くろうるしぬりももなりだいすいぎゅうわきだてかぶと》の大角が頭上で激しく揺れる様子を見れば、かなり激高しているようだ。

(やっべェ、怒っておられるがね……ま、仕方ねェわ、聞こえない振りしとこ)

と、首を左に捻り、露骨に正則から顔を背けた。

「こりゃあ～、茂兵衛～、無視すんなァ!」

(い、いかん、火に油を注いだか)

茂兵衛は大事なお役目中である。正則が怒鳴り込んできたらどうしようかと不安だったが、横目でチラチラと窺えば、正則と轡を並べた大柄な武将が、盛んに相棒を宥《なだ》めている。

（あ、長烏帽子形兜《ながえぼしなりかぶと》……加藤主計頭様だわ。助かる。もうしばらく、その阿呆ォを押さえといてくれよォ）

ちなみに、正則の「曰くつきの黒漆塗桃形大水牛脇立兜」とは、かつて正則が黒田長政と揉めた折、仲直りの証に、互いの兜を交換したとの「曰く」である。

（そんなこともあったなァ。ただ、ということはよォ）

と、茂兵衛が周囲を見回してみると——いた、いた。風変わりな一ノ谷形兜《いちのたになりかぶと》を被って鞍上で指揮を執るのは黒田長政だ。この絶壁を模した変わり兜は、もともと正則の所有だったのである。互いの兜を交換し、それぞれ被って同じ戦陣に並ぶとは、戦国武将の人間関係、なかなかに面白い。

茂兵衛隊は、やっと石田屋敷と七将諸隊の間に割り込み、整列し終えた。

（よおし。これで一安心だがね）

徳川軍が両軍の緩衝地帯となる。石田側も七将側も、「仲裁者を宣言している平装の徳川勢」を攻撃してはこないはず——だといいが。

「左馬之助、指揮を執れ」

「承知ッ」

「小六、三つ葉葵の幟旗を一本持ってついてこい」

と、野分の鐙《あぶみ》を蹴った。馬上の小六は、徳川の家紋が染められた幟を一流、足軽の背中の合当理《がったり》（旗指物受けの器具）から引き抜き、それを掲げて茂兵衛の後を追った。

これで一応は徳川の軍使としての体裁が整った。

茂兵衛は小六と二騎、福島正則と加藤清正の前で馬を止めた。

「拾遺様、主計頭様、主人家康からの伝言がござる」

——大嘘である。伝言というほどのものはなにもない。家康は「早く行け」と

怖い顔で喚いていただけだ。

「ゆうてみりん」

正則もまた、怖い顔で吼えた。

「ただし、もしも内府様のお話が、温《ぬる》〜い話だったら、ワシはこのまま治部少輔

の屋敷に突っ込むぞォ」

「市松、そう突っ込む、突っ込む申すな。まずは黙って伝言とやらを伺ってみよ

うではねェか」

横から加藤清正が興奮状態の正則を窘めてくれた。

茂兵衛は、清正に会釈してから「家康の伝言」を伝え始めた。小六を含めて四人とも騎馬のまま、向かい合っての協議である。

「まずは、徳川はあくまでも加藤様、福島様のお味方である旨、確《しか》とお伝えせよとの命を受けましてございまする」

そんな命令は一言も受けていないが、ま、そういう趣旨であったのだから構わないだろう。

「それはありがてェ。内府様の後ろ楯を得れば、我ら勇気千万倍で治部少輔の屋敷に突っ込めるわい」

「また、突っ込むかよ。おみゃあさは突っ込み大明神かえ！」

傍らで清正が笑った。

「ただ、前田公が亡くなられた直後の騒乱騒擾《そうじょう》はいかにもまずい。実にまずい。五大老筆頭者としては、喧嘩両成敗と判断せざるを得ない……そう我が主人は、頭を抱えており申した」

「喧嘩両成敗って……悪いのは三成だがね」

正則が目を剝いた。

「政《まつりごと》を私《わたくし》する治部少輔のせいだがね。悪いのは奴だわ」

石田三成が政を私しているのは、果たして本当のことなのだろうか。

そもそも論にはなるが――

太閤恩顧の彼らは、何故にかくも争い、抜き差しならぬところにまで至ってしまったのか。理由は様々あるだろう。

まず第一に、朝鮮での仲違いがある。一般に、戦功の判定は軍目付《いくさめつけ》が行う。軍目付には、戦争を計量的に判断しうる官僚的な人材が適任とされ、多くは五奉行系列の秀才が就任した。ところが、実際に前線で汗を流し、命の遣り取りをした荒武者たちの認識と、算盤《そろばん》片手に戦功を弾き出そうとする軍目付の認識には、常に齟齬《そご》が生じるものなのだ。事実、朝鮮派遣軍の軍目付たちの評価は、慎重かつ手堅い戦いをする小西行長などには甘く、強引に突き進もうとする七将側の猛将には辛めとなって出た。となれば、官僚たちを背後で指図しているであろう三成などに、猛将たちの遺恨は向けられる。

第二に、文治派と武断派の心情的な対立とも言われる。ただし、石田三成、小西行長、宇喜多秀家は戦にも滅法強い。また加藤清正、黒田長政、藤堂高虎などは行政能力にも卓越した才を発揮している。必ずしも頭脳派と体力派の確執とばかりは言えないのだ。

派閥対立を言うなら、むしろ、近江《おうみ》閥と尾張《おわり》閥が対立する側面の方が、大きいような気がする。

豊臣家臣団の根幹は、主に三つの集団から構成されていた。第一は、親戚筋を含めた秀吉の故郷、尾張衆である。故豊臣秀長、加藤清正、福島正則、浅野幸長、蜂須賀至鎮《よししげ》らが構成員だ。第二は、豊臣家にそのまま乗り換えた旧織田家家臣団がいる。織田有楽斎《うらくさい》、織田信雄《のぶかつ》、細川忠興、前田玄以、池田輝政、故前田利家もこの範疇《はんちゅう》であろう。最後に、秀吉が北近江長浜城主だったころに仕えた近江衆がいる。石田三成、増田長盛、長束正家、片桐且元《かたぎりかつもと》、藤堂高虎らが該当し、多くは浅井《あざい》家の旧臣たちだ。浅井長政《ながまさ》の忘れ形見である淀《よど》君や、その子秀頼に対する忠誠心が異常に強い。ちなみに、例外として藤堂高虎は、近江出身だが現在は尾張閥と行動をともにしている。

第一派閥として最も強勢だった尾張閥は、秀長逝去後にやや力を落とし、最近では秀頼や淀君の側近として台頭著しい第三派閥の近江閥に追い上げられている。両者の狭間で、第二派閥の織田家旧臣たちは、時流を読んで押し黙っており、近江でも尾張でも、強い方につく腹と見た。

近江と尾張は、ともに商業が活発な地域である。近江商人は怜悧に算盤を弾き、尾張商人は派手に勢いをもって商いを進めようとする傾向が強い。その商いの手法、やり方、色合いの違いが、或いは「肌が合わない」「毛嫌い」の原因ともなっているようだ。

「拾遺様、政を誰が私したとか、しないとか、ことの理非ではござらん。故太閤殿下の御掟たる惣無事令に反し大坂や伏見で争ったからには、双方を譴責せざるを得ない。もしも治部少輔様と拾遺様たちが戦わば、喧嘩両成敗は致しかたないのではありますまいか」

「そこは分かるが……一言、よいかの？」

傍らから加藤清正が介入した。

「ワシには一点、素朴な疑問がござる」

「伺いまする」

「内府様のお気持ちは、我らに同心、味方して下さるとの由」

「御意ッ。そこは間違いございません」

「一方で、治部少輔は明らかに内府様を敵視しておる。だとすれば、我らが治部少輔を討つのを、見て見ぬ振りさえすれば、取りも直さず徳川家の得になるのではござらんかな？」

「はあはあ」

「や、はあはあではねェ。内府様の得であろうがよ？」

「えと、それは……」

と、茂兵衛は口籠り、思わず小六の方を見た。水を向けられた小六は怯え「無理です」と首を横に振った。

（ま、そりゃそうだわなァ）

これは、苦し紛れに、若い小六に助けを求めた茂兵衛が悪い。ただ、茂兵衛が清正の言葉に動転したのは、同じことを茂兵衛自身も感じていたからだ。

（そうなんだよなァ。清正たちのケツを押してよォ。三成を殺させてよォ。その後は形だけ叱って、清正と正則を半年ぐらい謹慎させてお茶を濁すんだよ。前田利家も死んだことだし、秀頼はまだガキだし、どこからも文句なんぞ出るもんかい。色々と殿様は仕事がやり易くなるだろうになァ）

ただ、家康の命はあくまでも「三成を死なすな」である。茂兵衛としては、清正に同調して「確かにそうですなァ」と返すわけにはいかない。

「しかし、ですなァ」

「たァけ、『しかし』も『夜更かし』もねェわ」

正則が目を剝いた。

「茂兵衛、徳川家のためだがや。おみゃあも腹ァ括ってワシら側について戦え。疾く鉄砲隊に発砲を命じるべし」

「は、発砲って……とんでもござらん。その……」

「茂兵衛ッ！　とっととせェや！」

（ひょっとして清正たちは、殿様のことを疑っとるのだろうか？　ま、ええわ。ここは建前で押しとこう）

「兎に角、でござる」

徳川の軍使が声を張った。

「太閤殿下が発布された惣無事令に違背する行動を、五大老職筆頭者として『見逃すわけには参らん』と我が主は申しておるのでございまする。話の要諦はその一点のみにござる」

「ふん」

「糞面白くもねェわ」

清正と正則は、視線を逸らし、地面に唾を吐いた。

四

清正と正則の前を辞した茂兵衛は、徳川の幟旗を手にした小六とともに、石田邸の正門へと向かった。喧嘩の仲裁をするからには、一方とだけ話すわけにはいくまい。双方から言い分を聞くのが筋だ。

（又八郎様が来るのを待とうか）

とも迷ったが、清正たちと話し込んでいたことは、三成邸からも見えていたはずだ。あまり時間をかけると、妙な勘繰りをされかねない。

「それがし、徳川内府が家来にて、植田茂兵衛と申す者にござる」

馬上から声を張った。

「………」

石田邸内は無反応で、咳《しわぶき》一つ聞こえない。

「本日は、主人内府の命により、喧嘩の仲裁をしに罷りこしましてございます。ほれ、このように平装にござる」

手綱を離し、両手を水平に上げてみせた。

「兜も具足も着けてはおりませぬ。あくまでも軍使、争う気持ちは一切ございません」

「……」

石田邸は、林の如くに静まったままだ。

(三成は、徳川を信用しとらんからなァ。そこが厄介なとこよ)

「治部少輔様からは、故蒲生氏郷公のお屋敷にて、親しくお話を伺ったこともございます。あの折の植田茂兵衛にございます。何卒、御門を開き給《たま》え」

「……」

ややあって門扉が軋み、少しだけ開いた。ほんのわずかな幅だ。誰か出てくるのだろうか。「入って来い」との意思表示にも見える。

「小六よ」

「はい、お頭《かしら》ッ」

小六が少し馬を寄せ、茂兵衛を窺った。

「俺一人で行く。おまんはここにおれ」

「どうか、拙者もお連れ下さい」

「や、危ねェから来るなとゆうとるわけではねェ。徳川の旗指物を石田家門前に立て続けることが肝要なのよ。軍使の旗に向けては、双方、撃てんだろうからなァ。それに、あの門扉の幅だと、『馬から下りて歩いてこい』とゆうとるようだし。野分の手綱を預けたい。だから、おまんはここにおれ」

「……はい」

不承不承だが、頷いてくれた。茂兵衛は野分から下り、手綱を小六に託した。

「伯父上、御無事で」

「うん、後は頼んだぞ」

そう言い残し、ゆっくり歩いて向かった。

「御免、入りまするぞ」

二尺（約六十センチ）ばかり開いた門扉の間をすり抜けると、そこに立っていたのは取次役などではなかった。石田治部少輔三成、本人だ。小具足のみを着け、黒地の陣羽織を羽織っている。小柄だ。茂兵衛の方が一尺（約三十センチ）近く背が高い。

「おお、植田殿……軍使、御苦労にござる」

「主人家康から命じられ、喧嘩の仲裁に参りました」

「喧嘩と申されるが、一方的なのだ」

鼻にかかってはいるが、相変わらずの濁声だ。

「ワシの方は、惣無事令に反するつもりは一切ない。しかし、昨夜は無抵抗であれば確実に殺されたからなァ。主計頭らに文句があれば話を聞く耳は持っておる。だが、いきなり槍を突きつけられるのは困る」

「お察し致します」

日頃は冷静な三成だが、今回の件に関しては、よほど理不尽を感じているのだろう。強い怒りが伝わった。

「で、内府様は、どのように仰せなのか？　御存念を伺いたい」

「実は詳細な命などは受けておりません。ただ一言『治部少輔様を死なすな』とそれだけを命じられておりまする」

清正と正則には、誇張や付け足しを交えて伝えたが、この三成には、下手な細工はせずに、家康の言葉のままを伝えた。嘘は見抜かれ、警戒され、結果が悪いような気がしたのだ。

「それは、かたじけないことだな」

三成は会釈したが、決して嬉しそうな顔はしない。無表情の中の表情を敢えて読み取れば、やはり懐疑や猜疑心が強く感じられる。家康、相当信用がない。嫌われている。

「後ほど、徳川家伏見屋敷留守居役が、主人の書状を持って参るかと存じます」

「書状とは？」

「双方が納得し得る仲裁案かと……それまでに無用な衝突を起こさぬよう気を配るのが、それがしの役目にございます」

「よう分かった。内府様の仲裁案を待とう」

ここで初めて、かすかに微笑んでくれた。冷徹な才人の前で緊張し、硬くなっていた茂兵衛も、安堵の吐息を漏らした。

茂兵衛は門扉の隙間を出て、歩いて小六の元へと戻った。背後で門扉がギイと軋んで閉まった。

「ああ、よかった。御無事で何よりです」

と、野分の手綱を渡しながら甥が微笑んだ。

「ま、徳川の軍使を無闇に殺す阿呆はおらんわい」

「まあね。ハハハ」

その後も睨み合いは続いたが、三成側はもちろん、七将側も手出しをすることはなかった。松平家忠が各屋敷を回り、長束正家や前田玄以らを説得したので、五奉行側が三成に助太刀の兵を出すこともなかった。

やがて家康の書状を手にした鳥居元忠が到着し、双方の間を行き来して仲裁することとなった。茂兵衛も家忠とともに同道する。まず鳥居は、清正と正則の陣を訪れた。

家康の仲裁案は、誰の目から見ても、七将側に有利な内容であった。

三成は、領地佐和山《さわやま》へと戻り、家督を譲って隠居する。また、朝鮮における論功行賞のやり直しを行う。その代わり、七将側は速やかに兵を退き、三成に危害を加えない旨を誓う。

「治部少輔の痩せ首を引っこ抜けないのは残念だが、朝鮮における不当な査定を見直して頂けるのはありがたい。隠居となれば治部少輔の政治生命は終わろう。さすがは内府様、公正な御裁きに感服致しました」

と、七将を代表した加藤清正は満面の笑みだ。それはそうだろう。惣無事令違反を咎められることもなく、三成は政治的に失脚、朝鮮での論功行賞は再査定で、その査定を行うのは七将に近い家康自身だ。もう、七将側にしてみれば満額回答に近い。清正が笑顔になったゆえんである。

清正らの陣から三成邸へと、幟旗を掲げた小六を従え、四人で歩いて移動した。

「むしろ問題は、治部少輔側がこの仲裁案を飲むか否か？　でしょうな」

歩きながら、家忠が鳥居に質した。

「ほうだがや」

鳥居が嘆息を漏らした。

三成としては、命が助かった以外、すべて譲歩を迫られている。もし彼が「こんな裁定は呑めぬ」と突っぱねたら、鳥居はどうするつもりなのだろうか。

「殿様はゆうておられたがね。和戦両様で治部少輔殿を封じ込めよと」

「封じ込める……ずいぶんと強硬ですな」

「治部少輔殿が、この条件を呑めんと仰せなら、我らは退くしかねェ。後は、七将衆と石田衆で宜しく頼みますと、そう言って帰ろうとするつもりだがね」

「帰るのではなく、帰ろうとするのですな？」

と、家忠が確認した。

「当たり前だがや。そこで我らが本当に帰ったら、七将側は石田邸に突っ込むぞ。治部少輔殿が討たれたら、殿の手前、我ら三人はこれもんだわ」

と、指先で己が腹を横にこすった。確かに家康からは「治部少輔を死なすな」と命じている。それが第一義だとも言った。その三成がなぶり殺しにされたら、明らかにお役目は失敗だ。茂兵衛たちは腹を切るか、家督を譲って隠居するしかあるまい。

（ああ、とゆうことは……あの出歯衛門に三千石を譲るのかァ。選《よ》りに選って俺の娘が、どこがええのか出っ歯に惚れるもんなァ）

「どうした茂兵衛、難しい顔をして……なんぞよい知恵でもあるのか？」

鳥居が歩きながら茂兵衛に質した。

「や、ま、そりゃ色々と……それがしだって考えておりますがね」

まさか、娘婿の出っ歯を悩んでいたとも言えない。

「ほおかい。頼りにしとるぜ」

鳥居が頼もしげに、茂兵衛の肩を叩いた。

三成邸の門前に着くと、小六一人をその場に残し、鳥居、家忠と三人で邸内に入った。

三成は、衣装を替えていた。小具足と陣羽織を脱ぎ、裃姿で鳥居一行を出迎えたのである。家康が間に入ってくれた以上は、戦う気がない姿勢を示すべきと考えたのかも知れない。書院に通され、鳥居や家忠ともども挨拶を交わした。鳥居から渡された家康の書状を一読すると、三成は顔を上げ、わずかに微笑み、鳥居の目を覗き込んだ。

「この内府様よりの書状には……」

よく見れば、三成の頬がピクピクと痙攣《けいれん》している。これは、怒っている。

「軍勢を出し、惣無事令に抵触した主計頭らへの懲罰が一切記されてはおりませんな」

「御意ッ。そこは、なかなか難しいところにございまする」

困惑顔で鳥居が応えた。

「拙者は一方的に攻められた身ですぞ」

三成が抗弁した。

「それでも戦うことをせずに逃げに逃げた。恥を忍んで大坂から、ここ伏見の地まで逃げ延びた。五奉行の一員として惣無事令に違背するわけには参らんからでござる。ところが本件の罪科《つみとが》は、すべて拙者の側にあると申される。喧嘩両成敗ですらない。一方的に過ぎる」

「お、仰《おっしゃ》ることは分かり申す」

シドロモドロになりながら鳥居が反論した。

「ただ、現に気の立っておられる主計頭様たちを刺激するのは、今は得策ではないと主は考えたものかと思われまする」

「で、拙者のみが隠居か……この調停案は、惣無事令に違背した者の言い分をすべて呑んでおるように見受けられる。これでは『やった者勝ち』『法度を破った者勝ち』になりはしませぬかな？」

「そ……」

鳥居が口籠り、ちらと家忠を窺った。

「昨年には太閤殿下が……」

振られた家忠が、少し考えてから話し始めた。

「この度は前田公と、日本国は相次いで重鎮支柱を失ってございます。あまつさえ、明国《みんこく》朝鮮との戦を終えたばかりで国内は疲弊……現下の政の要諦は、国内の平穏を保つことかと思われまする。言わば城内平和、言わば国論の統一にございましょう。我が主、徳川内府は、治部少輔様のお気持ちを慮《おもんばか》った上でなおも、有力七将の暴発を未然に防ぐことを第一義とした。そうお考え頂きたい」

「つまり、強く造反すれば餅を貰えるという悪しき前例を、本邦の政に残すことになりますな。将来に禍根を残すことになりまするぞ」

「や……」

閉口した家忠が、ちらと茂兵衛を見た。

（お、俺かよ？　ここで俺かよ？）

困り果てて、瞬きを繰り返していると、三成の方から声がかかった。

「茂兵衛殿は、いかなる御所存かな？」

「あんの……」

鳥居と家忠をちらと窺ったが、即座に視線を外された。

（ま、参ったなァ……そもそも公正に見て、治部少輔様の理屈の方に分があるぜェ。せめて喧嘩両成敗にするとかよォ）

「あの、ですね」

「うん」

「その、ですなァ」

「おう」

「ホッとした。」


「茂兵衛、もうええ」

辛抱堪らず鳥居が介入し、茂兵衛の肩から重荷を下ろしてくれた。ホッとした。

「え〜と……」

誰もが口をつぐみ、黙っている。かなり気まずい。

本日は慶長四年（一五九九）閏三月四日、新暦に直せば四月の二十八日になる。今日はだいぶ気温が上がり、季節はもう初夏だ。庭に咲く躑躅《つつじ》もそろそろ花は終わりである。

「治部少輔様」

鳥居が口を開いた。

「事実として、この屋敷は三千人からの兵に囲まれております。指揮を執る七将はいずれも本邦を代表する戦上手ばかり。水堀や高い石垣があるわけでもないこの屋敷、攻められれば一刻（約二時間）とは持ちますまい」

ここで鳥居は少し息を継ぎ、やがて両手を畳に突いて平伏した。家忠と茂兵衛も慌ててこれに倣った。

「徳川内府は、この窮地から貴方様と御家来衆をお救い致します。御領地佐和山までの安全を保障させて頂きまする」

鳥居は平伏したまま言葉を続けた。家忠と茂兵衛も、頭を上げることはない。

「このことは徳川の名誉に賭けて、お誓い致します。ただ、できるのはそれが限り。御不満も多々おありでしょうが、今は取りあえず手の中にある餅を食い、その後は次の時節を待つのが、大丈夫たる者の身の処し方かと思いまする」

書院に、張りつめた沈黙が流れた。庭で「チッチッ」と鳴き交わし、躑躅の蜜を吸っているのはメジロでもあろうか。

「……相わかった」

三成が口を開いた。

「内府様に、お言葉に従うとお伝え下され」

三成が折れた。

五

その後は、鳥居一人が石田邸に残った。茂兵衛は屋敷から出て、七将側と石田邸の狭間に布陣する鉄砲百人組の指揮を執り、家忠は向島城で報告を待つ家康の元へと馬で駆け去った。

鳥居は事実上の人質、人間の楯でもあろう。徳川の重臣が三成に張りつき、身を挺して安全を確保するのだ。これが徳川なりの誠意の見せ方である。

茂兵衛の目の前で、七将の軍勢はすでに帰り支度を始めていた。

半刻（約一時間）ほど後、福島正則が馬を寄せてきて笑顔を見せた。

「茂兵衛、ワシらはこれから退くぞ」

大水牛の兜はすでに脱いでいる。撤退は本気のようだ。

「大坂に戻られるのですか？」

「や、昨夜は強行軍で兵たちも寝ておらんでなァ。今宵は伏見城下に泊まるわ」

「あ、左様で……」

物騒な軍勢など、できれば大坂にまで退いて欲しかったが、無理も言えない。

「治部少輔の奴を許す気は毛頭ねェが、内府様が間に入られた。まさか家康公のお顔を潰すわけにもいかんしな……ま、恩を売るつもりはねェが、その辺のところを、内府様に上手いことゆうといてくれや、な？　ガハハハ」

「御意ッ。またお屋敷にお邪魔させて下され」

「おう、いつでも来い。また飲もうぜ」

そう言い残して、七将が率いた三千人の将兵は、整然と木幡山伏見城を退出していった。それを見届けた茂兵衛は、百人組を布陣させたまま、指揮を左馬之助に委ね、石田邸内へと走った。

三成と鳥居は、最前と同じ書院内で囲碁を打っていた。

「七将の兵は、ただいま大手門を出ましてございまする」

茂兵衛が広縁で報告した。

「そうか……これで一安心じゃ」

鳥居が黒石を置く手を止め、深く溜息を漏らした。

「ただ、今宵は伏見城下に宿泊する由にございまする」

「ほう……」

三成がわずかに顔を上げ、茂兵衛をちらと見た。

「ならば鉄砲隊は、そのままにしておけよ」

気配を察した鳥居が茂兵衛に命じた。

「御意ッ。今も御門前に整列しております」

七将の気が変わり、また戻ってこないとも限らない。なにせ彼らは、その辺に分宿しているのだから、いつでも石田邸に攻め寄せてこられる。万が一に備えるのも大事なことだ。

そのまま鳥居と三成は、碁を打ち続けた。書院にパチンパチンと石を置く音のみが流れる。

囲碁などまったく門外漢の茂兵衛だが、素人目《しろうとめ》にも白石を持つ三成の方が優勢である。茂兵衛は鳥居の表情を窺ったが、敗色濃厚でも苛ついている様子は見えないので安堵した。碁の勝ち負けで、喧嘩になることもあるそうな。

しばらくすると、家忠が家康の指示を受けて戻ってきた。

家康は、次男の結城秀康と茂兵衛の鉄砲百人組に、三成を佐和山まで護衛するように命じたという。

諾否を問われた三成は「ありがたきことよ。かたじけない」と了承した。

「出発はいつでござるか？」

慌てて茂兵衛が訊いた。

「三月十日を目途にして欲しい。本日は四日だから……まだ六日やそこいらはあるさ」

家忠はにこやかに答えたが、時間的なゆとりはない。足軽隊を率いる茂兵衛としては、まず兵站が頭を過《よぎ》る。

「兵糧は？」

佐和山まで往復で三十四里（約百三十六キロ）ある。せめて六日分——や、七日分の兵糧が欲しい。

仮に、兵士一人当たり、日に米を六合（約九百グラム）、味噌二勺（約三十六グラム）と塩一勺（十八グラム）を食うとしよう。鉄砲百人組の分だけでも、足軽隊は二百人、小荷駄隊百人、足軽小頭《こがしら》が三十人、士分が八人いるから——一日当たりざっくり八十六貫（約三百二十三キロ）を消費する。それが七日分なら、六百二貫（約二千二百六十キロ）だ。それだけの兵糧を六日ほどで集めねばならない。茂兵衛は軽い眩暈《めまい》を覚えた。

「殿が向島城の兵糧米を供出して下さるそうな。なんとか間に合わせてくれ」

「では、そのように」

大事にはなるが、命じられたからにはやるしかあるまい。

「茂兵衛殿、御足労をおかけするのう」

鳥居との対局を再開しながら、三成がすまなそうに会釈した。

（治部少輔様……多少神経質なところはあろうが、ま、常識人だがね。福島正則たちが言うほどには、嫌な野郎ではねェわ）

と、茂兵衛は三成を心中で評価した。

七将はいずれも猛将豪傑揃いである。一つ間違えば、いつでも傍若無人な荒武者や猪武者に豹変しかねない。いくら「治部少輔は襲わん」と誓いをたてても、就寝後三成の顔を思い浮かべれば狂気を発し、鉄砲でも撃ちかけかねない。

その辺のことを家康は十分に弁えており、敢えて己が次男である秀康を、三成護衛隊の指揮官として選んだのだ。

どれほど清正や正則が癇癪《かんしゃく》持ちでも、家康の倅の行列を襲う愚は犯すまい。

三成が席を外したとき、茂兵衛ら三人は声を潜めて語り合った。

「殿が、治部少輔様を随分と大切に扱っている印象がございますな」

と、家忠が鳥居に囁いた。

茂兵衛にはまだ佐和山までの護衛任務があるものの、七将に睨まれた三成を死なせないという難しい役目が一山越えたのも事実で、安堵が三人を饒舌にしていた。

「うん、そこよ。徳川内府からかくも尊重されれば、ちったァ治部少輔殿も面目を施そうとゆうものだがや。勇退する治部少輔殿への餞別《はなむけ》だがね」

「なるほど、さすがは我が殿ですなァ。や、つくづく配慮の方ですなァ」

鳥居の見立てに、家忠が腕を組んで感心した。

「ほうだがや。殿に配慮がねェのは、我ら家来に対してだけだがね、ガハハハ」

「然り、然り、アハハハ」

この場合、鳥居の言う「家来にだけ配慮がない」とは、家康が吝嗇《りんしょく》で、関東移封で領地が一・七倍に増えたにもかかわらず、功臣にもわずかしか加増しなかったことを指す。ちなみに、鳥居元忠は下総国矢作《やはぎ》で四万石、松平家忠は同じく下総国小見川に一万石を与えられている。不満もあろうが、一応は大名級だ。

それから数日の間、茂兵衛は小荷駄隊の編成に忙殺された。六百二貫もの兵糧を振り分けるのだ。少しでも不公平があれば、荷駄隊の士気はだだ下がりとなる。七人いる鉄砲隊寄騎、三十人いる小頭たちも互いに怒鳴り合い、忙しく走り回っていた。誰が賢く誰が馬鹿か、真面目なのは誰で、目を離すとさぼるのは誰か、反抗的な者はいないかを見極めなければならない。戦場に臨む機会がめっきり減った昨今、こういう繁忙期にこそ、部下の資質や本性が現れるものだ。茂兵衛一人では手が足りないから、筆頭寄騎の横山左馬之助や、茂兵衛の側近である植田家家臣の清水富士之介にも命じて、人を吟味させている。仲間の振る舞いを詮索し、評価するのは楽しい役目とは言い難いが、鉄砲百人組は軍隊だ。甘えは許されない。いざ戦が始まったとき、使える者と使えない者を上役が知っておくことは重要である。

筆頭寄騎の左馬之助は、もう二十年近い付き合いで、能力経験ともに心配無用。次席寄騎で大久保彦左衛門《おおくぼひこざえもん》の槍隊から移籍してきた木村仁兵衛《きむらじんべえ》、鉄砲足軽からたたき上げの三番寄騎の赤羽仙蔵《あかばねせんぞう》ともに数多の戦場を駆けまわってきた古強者《ふるつわもの》で信頼が置ける。四番寄騎は甥の植田小六だ。当初はただの「お気楽な兄ちゃん」だったが、鉄砲隊で十年以上も研鑽《けんさん》を積む中でだいぶ成長した。この小六までは計算が立つ。ただ、五番寄騎以下の三人がいけない。善良な若者ではあるのだが、なんとも頼りない。五番寄騎の小久保一之進《こくぼいちのしん》は九年前に駿河《するが》で物見を失敗し、結果茂兵衛の義弟である木戸辰蔵は左腕を失った。どこか注意が散漫なところがある。戦場に十回も出て、もし死ななければそれなりに成長できただろうに、惣無事令下の御時勢ではその機会もない。さらに下の六番と七番寄騎の二人は言わずもがなで、今も現役の「お気楽な兄ちゃん」だ。

（惣無事令で戦が少なくなったのは仕方がねェことだァ）

場所は向島城の米蔵前だ。早朝からドッカと床几《しょうぎ》に腰を下ろし、寄騎たちが忙しなく走り回る様を眺めながら、一人茂兵衛は考えた。

（ただ、戦場以外にも修羅場はなんぼでもある。今回の小荷駄隊編成なんかもそうだら。成長の機会は探せば幾らでもあるがね。と、ゆうことはさ……若い奴が育ってねェのは、俺に厳しさが足りねェからかなァ？　左馬之助や富士之介がゆうように、俺は甘いのかねェ）

二人は最近、矢鱈と茂兵衛に「配下に甘い」「丸くなり過ぎるな」「厳しさは慈悲だ」と苦言を呈することが多くなった。

（俺ァ今年で五十三だよ。五十過ぎて丸くならんでどうする。爺ィが尖って、威張り散らかしたら、若い奴は息が詰まるだろうよォ。その辺の機微に……）

「お頭？」

「……あ？」

急に声をかけられたので、間抜けな声で返事をしてしまった。見れば小六だ。

「どうした？」

「あの……江戸《えど》から弥左右衛門様が、お見えです」

弥左右衛門は綾乃の夫だ。茂兵衛から見れば女婿《じょせい》、娘婿、婿養子《むこようし》である。

「い、いつ？」

「今……」

「ここにか？　伏見にか？」

思わず床几から腰が浮いた。

「き、急になんで来たんだよォ？」

「知りませんよ、そんなこと」

「あ、そういえば、野郎から書状が来てたなァ。開いてもねェけど」

「な……」

小六が呆れて空を仰いだ。

どうせろくでもない、形の上だけの挨拶状だと思い、読んでいなかったのだ。もしやあの手紙に「伏見に行く」と認《したた》められていたのかも知れない。

(参ったなァ。まさか、手紙を読んどらんとも言えんしなァ)

「それより、小六……おまん、なんで弥左右衛門様なの？　ガキの頃は呼び捨てにしとったろうが？」

「そりゃ、一応御本家の跡取り様ですから……拙者としても、礼は尽くさねばなりません」

「たァけ。おまんの方が年長だろうが？　あんなのは出歯衛門でええんだわ。おい小六、これから奴のことは出歯衛門と呼べよ、いいな」

「む、無茶ですよ」

「なんでだよォ、この野郎……俺のゆうことがきけねェのかよォ」

と、顔を寄せ、睨みつけた。

五十三歳になった植田茂兵衛、「丸くなる」のはどうした？　爺ィが威張ると若い奴は息が詰まるのではないのか？

第三章　石田正宗《まさむね》──琵琶《びわ》湖畔の別れ

一

「義父上《ちちうえ》様、御無沙汰致しております」

向島城《むかいじまじょう》内、茂兵衛の居室で弥左右衛門が平伏した。茂兵衛とは、彼が子供の頃から幾度も面識はある。ただ、義理の父子として会うのは今日が初めてのことだ。

「お、おう」

返事と溜息が同時に出た。弥左右衛門──見れば見るほど出っ歯だ。それに江《え》戸《ど》からの長旅で薄汚れている。つくづく見映えがしない。

「私、御両所の橋渡し役を相務めまする」

と、小六が同席してくれている。小六は弥左右衛門を支持しているから、言わば「敵側」なのだが、娘婿と二人きりになるよりはよほどましなので、あえて同席を許した。

「綾乃とは、上手くやっとるのか？」

ぶっきら棒に舅《しゅうと》が婿に質《ただ》した。

「お陰をもちまして、妻はもちろん、義母上《ははうえ》様からも、家宰の鎌田《かまた》殿からも、親戚筋の木戸様からも、とてもよくして頂いておりまする」

「あ、そう」

鎌田吉次《きちじ》は、茂兵衛の留守中、植田家を差配する家老的な人物だ。木戸辰蔵は茂兵衛の妹婿にして、長年の朋輩である。

「おまん、幾つよ？」

「今年二十三になり申した」

「ふ〜ん……」

と、いかにも興味なさげな返事をしてしまった。少し大人げなかったか。

室内に空疎な沈黙が流れる。

傍らから小六が「なにか話せ」「気詰まりだ」と盛んに目配せしてくるのだ

が、気の利いた台詞など頭に浮かばない。

キョッキョ、キョキョキョキョッキョ。

いずこかの空の高みで不如帰《ほととぎす》が鳴いている。慶長《けいちょう》四年（一五九九）閏三月七日は新暦に直せば五月一日だ。もうそろそろ初夏である。

「だいぶ、気候もようなったのう」

「はい」

弥左右衛門が頷いた。

「暖かいわ」

「はい」

「う、動くと汗ばむな」

「は、はい」

「うん……」

（ほら見ろ……もう話すことがなくなったがね。急に来られて「義父上様」とか言われてもなァ……ま、こいつの手紙を読まなんだ俺も悪いといえば、悪いのだがなァ）

ほとんど初会話の舅と婿とで、話に花が咲くわけがない。

「ま、俺は忙しい。今日のところはこれで……」

「伯父上ッ」

立ち上がろうする茂兵衛の袴を小六が摑んだ。

「な、なんだよォ」

「せっかく、江戸から見えられたのです。江戸の皆様の近況を訊くとか、長旅の話を訊くとか、なにかあるでしょう？」

「だって俺、忙しいもん」

「あ、そうだ伯父上、今回の佐和山《さわやま》行きに、弥左右衛門様を御同道されてはいかがですか？」

「まさか」

「でも、跡取り様なのですから、御一緒して仕事を覚えて頂いた方が……」

「小六、おまんは間違っとるぞ。鉄砲百人組頭のお役は、相続されるものではねェ。おまんら寄騎は、俺の家来ではなく、殿様の直臣だがね」

と、一気にまくしたてた。小六相手なら、どんどん言葉が出てくる。弥左右衛門は、苛つく舅の言葉を、伏し目がちに黙って聞いている。歯が出ている分、薄ら笑いを浮かべているようにも見えて、茂兵衛は無性に腹が立ってきた。

「だから、将来もしこの弥左右衛門が植田家を継いだとしても、相続するのは家禄の三千石だけだら。よって、別に俺の仕事を見せる必要も、覚える必要もねェのよ」

「で……」

小六が黙り込み、またしても空疎な沈黙が室内を支配した。本当に居たたまれない。

「あの……」

弥左右衛門が口を開いた。

「なんら？」

茂兵衛が怖い顔で若者を睨みつけた。

「私、一昨日、佐和山城下を通りましてございまする」

「なるほど、長浜《ながはま》界隈から琵琶湖東岸を南下されたのですね？」

小六が解説を入れて話を補足した。弥左右衛門はいったん小六に頷き、また茂兵衛に向き直った。

「その際、陣触れが出ておるようでして、槍を持ち鎧櫃《よろいびつ》を背負った侍衆が数多、佐和山城に急いでおられました」

「数は？」

茂兵衛が質した。

「城内の喧噪ぶり、侍衆が続々と集まっているところなどをみれば、数百というよりは、数千の規模かと」

「ほお」

（佐和山の石田領は、ざっくり二十万石前後か。五千人は動員可能だな……）

いくら茂兵衛の鉄砲百人組が強力とはいえ、もし仮に五千人で突っ込まれたらとても防ぎきれるものではない。全滅だ。

（俺一人で考えても埒《らち》ァ明かねェ。一応、殿様にお伝えするか……それに、ええ機会だわ）

「弥左右衛門、一緒にこい。殿様にお目通りさせる」

「ははッ」

娘婿が平伏し、傍らで小六が嬉しそうに笑顔で頷いてみせた。

弥左右衛門を連れて家康の前に伺候し、まずは佐和山での陣触れについて簡単に報告した。

「うんうん、それな……」

さすがに家康にも情報は入っているようだ。乙部八兵衛辺りが、佐和山城界隈に人を配置していないはずもない。

「ほお、これがおまんの婿か、大岡三郎兵衛《さぶろうべえ》の倅と聞いたが……」

家康は満面の笑みで弥左右衛門に声をかけてくれた。大岡三郎兵衛とは、弥左右衛門の実父の名である。

「随分と賢そうな面《つら》ァしとるがね。おいこら、茂兵衛よ」

「はッ」

娘婿の隣で顔を上げて主人を見た。

「おまんの娘なんぞには、もったいないようなええ婿ではねェか、ガハハハ」

「な……」

綾乃にはもったいない——その一言で頭に血が上った。ともあろうに、殺意さえ覚えた。顔から月代《さかやき》にかけて、見る間に赤く染まっていく。

「じ、冗談じゃ冗談……いちいち真に受けるな、このたァけがァ。怖い面で睨むな、おっかねェわ」

家臣の急な激高に驚いた家康が、慌てて訂正した。

「も、申しわけございません」

と、ふいに湧いた殺意を鎮めながら平伏した。

(今、俺……殿様を睨みつけとったがね)

ふと我に返り、心中で冷や汗を拭った。

(……危ねェ危ねェ)

呼吸を深く、ゆっくりと繰り返すことで動揺を抑えた。

(弥左右衛門の野郎、殿様まで「賢そうだ」と褒められやがった。でもこれ、殿様ばかりではねェからなァ)

綾乃はもちろん、寿美も善四郎も、辰蔵や小六まで、誰もが弥左右衛門のことを褒める。頭や性格は兎も角、顔まで「美男」と言われているから驚く。茂兵衛には違和感しかない。

(ふん、これが男前か？　なんぼなんでも褒め過ぎだろ。俺には出っ歯の軽薄な助平野郎にしか見えんが……おいおいおい。これってまさか、俺の目の方が曇っているのかな？)

愛娘《まなむすめ》に対する想いが強過ぎることで茂兵衛の認知は歪み、対象までもが歪んで見えている恐れがなくもない。

（おいおいおい、俺が見ている弥左右衛門と、皆が見ている弥左右衛門とは別人なのか？）

一瞬、背筋が凍った。五感が信じられなくなった恐怖だ。目で見ている映像が、耳で聞く音が、匂いが、味わいが、感覚が真実の情報を伝えていないとしたら——まるで無音の闇を一人歩いているような恐怖感だ。

さらにいえばもう一点。

（俺ァ今、綾乃にもったいない婿と言われて一瞬、殿様に殺意を覚えた。あれは確かに殺意だった。殿様からは今までにも、随分と酷《ひで》ェ目に遭わされてきた。でもよォ、さすがに殺そうとまでは思ったことはねェぞ。俺……ひょっとして、もしかして、心でも病《や》んどるのではねェか？）

気づけば、首を横に曲げて、弥左右衛門の顔を睨みつけていた。その弥左右衛門が、茂兵衛の目を見て首を小さく振り、顎を上座に向けてしゃくってみせた。真剣な顔だ。なにかを知らせようとしているらしい。

「は？」

「は、ではねェ！」

上座で家康が吼えた。

「おまん、ワシのゆうことを聞いとらんかったのかァ⁉」

「いえッ、ちゃんと伺っており申した」

と、平伏した。隣で弥左右衛門も平伏する。娘婿は、下げた顔が家康から見えないことを幸いに、小声で囁いてきた。

「佐和山城に……物見を放てとの……御下命にございました」

「お、おう」

と、顔を上げて、恐る恐る家康を見た。怖い顔で茂兵衛のことを睨んでいる。

「早速に、心きいたる者を数名、佐和山に向かわせまする」

「うん、そうせい。あ、それからなァ」

何事もなかったかのように家康が続けた。

「又八郎（家忠）とともに、治部少輔殿に会って確認をとれ。治部少輔殿の家は親父も家宰の島左近《しまさこん》も馬鹿ではねェから、そう心配は要らんとは思うが、一応は佐和山城の陣触れの話をぶつけてみろや」

「ははッ」

「おまんの判断でええが、福島正則、加藤清正にも愛嬌を振りまいとけよ。奴らに妙な反応を起こされても困るぞ」

「うん。それから……弥左右衛門とやら？」

と、弥左右衛門に顔を向け、ニッコリと相好《そうごう》を崩した。家康、笑顔と強面《こわもて》を巧みに使いわけている。この辺が、狸の狸たるゆえんか。

「ははッ」

娘婿が畏まって、額を畳に擦りつけた。

「このようにたアけた岳父《おやじ》だが、ま、悪い男ではねェ。そこはワシが請け合う。気長に付き合ってやってみてくれや、な、ひとつ頼むわ」

「御意ッ」

娘婿——主人の面前で窮地を救ってもらったのだから、今後は婿殿とでも呼ぼうか——が顔を上げ笑顔で家康に頷いた。なかなか好《よ》い笑顔だ。ほんの少し、出っ歯が引っ込んだようにも感じる。出っ歯が引っ込む？　そんなことがあるものだろうか。やはり、自分の認知は大きく歪んでいるのに相違ない。

二

三成は今も、木幡山伏見城《こはたやまふしみじよう》の石田曲輪内にいて息をひそめているそうな。家臣たちは甲冑をつけ、夜は篝火《かがりび》を焚《た》き、警戒を怠らない。なにせ福島正則勢、加藤清正勢、黒田長政勢は、まだ完全には軍勢を解散させていない。城下の各屋敷は兵士で溢れている。なにかあれば「いつでも石田曲輪を攻めてやるぞ」との姿勢だ。石田家側が警戒を緩められないゆえんである。

裃《かみしも》姿の茂兵衛と松平家忠は、騎乗で豊後橋《ぶんごばし》を渡った。例によって徳川の幟旗を掲げた小六が従っている。それぞれに轡とりの従僕がつくから、総勢六名だ。この葵紋の幟を掲げていないといつ何時、鉄砲の弾が飛んでくるやも知れない。現在の伏見城下は、それほどまでに物騒な場所柄であった。

豊後橋は、長さ一町半（約百六十四メートル）ほどの木橋である。宇治川《うじがわ》を跨いで指月《しげつ》の城下と向島城を繋いでいた。大友豊後守《おおともぶんごのかみ》が秀吉の命で工事を受け持ったことから、豊後橋の名で呼ばれている。現代の観月橋《かんげつきよう》と、ほぼ同じ場所だ。

轡を揃え、北へと橋を渡れば、前方遥か右手の丘の上には、木幡山伏見城の壮麗な天守が望まれた。

「ま、大目に見て下され」

石田屋敷の書院で、三成が家忠と茂兵衛に事情を説明した。

「我が父や家宰の島左近にしてみれば、主人であるワシの顔を見るまでは気が気でなく、取り敢えず佐和山城に兵を集めておいた……その程度のことだと思う」

「では治部少輔様の御下命による陣触れではないと？」

家忠が質した。

「左様。陣触れを出した旨の事後報告はきたが、ワシとしては『軽挙妄動を慎むように』と、また『内府《ないふ》様の御子息が護衛について下さるゆえ、粗相のないように』と、その二点を書き送りましてござる」

「なるほど」

と、三成に頷いてから、家忠は茂兵衛を窺った。家忠の表情には安堵の色が浮かんでいる。三成の穏当な答えに満足しているようだ。元より茂兵衛にも不満はない。留守を預かる者たちが、陣触れを出した気持ちも分かるし、それを窘めた三成の書状の内容も過不足なく、当を得ていると感じられる。茂兵衛は家忠に目配せし頷き返した。

「今回はワシもおるゆえ、もし佐和山勢が無分別をやらかそうとするなら、まずこのワシが前に出て押し止めるわ。今ここで我らが徳川勢と喧嘩を始めても、豊臣家のためにも徳川家のためにも、我ら自身のためにもならん。誰も得はせん。そのぐらいの道理は、ワシにも分かる。我が家臣たちにも伝わるはずだ」

「御意ッ」

と、家忠と茂兵衛が、声を合わせて平伏した。

三頭の馬の蹄が、ポクポク、ガタガタと豊後橋の敷板を踏んでいく。橋の下はトウトウと流れる宇治川だ。

「ああ、よかったァ。治部少輔殿がいつも冷静でいてくれるのは助かるのう」

鞍上の家忠が茂兵衛に微笑みかけた。

「御意ッ」

確かに、この五、六日、天下はまさに一触即発の状態だったのだ。怒髪天を衝く加藤清正や福島正則に対し、少しでも石田三成が強く出ていたら、とんでもないことになっていた。家忠のいう通りで、三成の冷静さは茂兵衛たち仲介者にとってはありがたかった。

ポクポク、ガタガタ。

もともとこの地は、巨椋池《おぐらいけ》という大きな湖沼だったのだ。秀吉はそれを埋め立てて、街道を通し、向島城などを建て、宇治川の流れを呼び込み、こうして橋までかけた。

(風景を変えるような大仕事をなさった秀吉公も、己が家の後始末だけは出来ずに逝っちまったんだよなァ)

文治派も武断派も、秀吉にとっては可愛い子飼いの武将たちである。この諍いを、秀吉はあの世からどんな思いで眺めているのだろうか。

(事ほど左様に、人間の扱いが一番難しいってことだわなァ)

その点、茂兵衛の主人は抜かりがない。

茂兵衛の知る限り、現在の徳川家は家康の下に一枚岩である。大きな派閥などはない。これは決して、三河衆《みかわ》が非政治的な忠義者揃いであったからではない。幾度も分裂や内紛の危機はあったのだ。今まで、家康がいかに家臣団の糾合に苦労してきたかを茂兵衛はよく知っている。軍制を改革して不満タラタラの家臣たちを先祖伝来の領地から引き剝がし、吝《けち》と誹《そし》られても功臣にさえ大封を与えず、妻と子を己が判断で死に至らしめたことまであった。徳川家臣団も、家康自身も互いに血と涙を流した末の一枚岩なのだ。

「な、茂兵衛よ」

家忠が身を寄せ、声を潜めた。

「おまん、拾遺《しゅうい》様（福島正則）に顔を見せんでええのか？」

「それですがな。どう致しましょうか……」

おそらくは、石田側も加藤福島側も物見を放ち、茂兵衛たちの動きを見張っているはずだ。茂兵衛としては、石田邸から出て、そのまま「敵側」である福島邸に直行するのもいかがなものか、露骨過ぎないかと迷っていたのだ。

「だからさ、ワシはこのまま殿様へ報告に帰る。拾遺様の朋輩であるおまん一人が、福島邸に回っても、石田側がとやかく言い出しはせんだろ」

（お、俺は別に、あの野郎を朋輩とは思うとらんわ。殿様がそうせェと仰るから嫌々福島邸に通ってるだけだがね）

「ま、そうですな」

「大丈夫だがや。ええから行けや。遅れると拾遺様の方が『遅い』と臍をお曲げになるぞ」

「そ、それはいけませんな。では、そのように……御免ッ」

と、ただ一騎、橋の上で馬首を巡らせた。


訪れた福島邸は、石田邸以上に物々しかった。武装した兵は五百ほどだが、鉄砲の数が違う。おおよそ百挺だ。武家の軍役は、大体「五百石当たり一挺持ってこい」だから、百挺なら五万石の大名の軍役に匹敵する。こんなものを石田邸に撃ち込まれたら大変だ。発砲は発砲を呼び、伏見は一挙に戦場と化すだろう。

「陣触れとは穏かではねェ。治部少輔の野郎、やる気満々ではねェか」

正則はすでに強か《したた》酔っていた。盃を片手に茂兵衛を睨みつけた。甲冑こそつけていないが、かなり殺気立っている。気分的にはもう「硝煙たなびく戦場に立っている」のだろう。

「や、まさか……陣触れは遠く佐和山でのことでござるぞ」

茂兵衛が慌てて、酔客を宥めた。

「石田様も『大丈夫だ』と仰いました。仮にもし石田勢が、この伏見に押し出してくるようなら、その折は徳川の方で確《しか》と対処致しまする」

「おまんの鉄砲百人組が、黙ってねェってか？」

「や、ま、それもふくめまして」

「内府様のお手を煩わせるまでもねェ。ワシと虎之助で治部少輔の弱兵など蹴散らしてくれるがね。な、虎？」

たまさかその場には、加藤清正も同席していた。清正は盃に手をつけていない。素面《しらふ》でいてくれるのはありがたい。

「うん、ま、そうだな」

清正は冷静だ。

「ただ、治部少輔も馬鹿ではねェ。内府様の御令息に、まさか鉄砲を向けることはあるめェよ」

御令息とはもちろん、今回三成の護衛を担当する結城秀康のことであろう。

「けッ。ドンパチなしかい……糞面白くもねェ」

戦がしたくてたまらない正則が、舌打ちして盃を呷った。

「茂兵衛殿」

清正が茂兵衛に向き直った。

「はッ」

「本日は一つ、内府様の御真意について伺いたいのだが？」

「し、真意にございまするか？」

家康の本心など、あんな腹黒い狸親父の本音など、真人間の自分に分かるはずもない。想像を超えている。徳川に仕えて三十数年、言われたことだけを、やれる範囲でやってきただけだ。気働きで家康の真意を忖度し、自分から動いた覚えなど──

（ま、ねェわなァ）

「現在、伏見城下では」

清正が話を続けた。

「内府様が宰相《さいしょう》様（秀康）を治部少輔の護衛に付けたることに、驚きの声があがってござる」

「ほおほお」

「治部少輔は内府様の政《まつりごと》に難癖をつけ、掣肘《せいちゅう》を加える言わば邪魔者。言わば政敵にござろう。そのような者に、わざわざ我が子を護衛に付け、領地まで送り届けるとは、いささか厚遇が過ぎはせぬのかと、誰もが噂し合ってござる」

（前にも同じようなことを訊いてきたなァ。こりゃあ清正は完全に殿様の腹を疑っとるな）

「おう、そこやがな」

横から正則が割って入ってきた。

「確かに厚遇が過ぎる。内府様は、お人がええのも大概にしとかんと、馬鹿か阿呆と……あぁッ」

「市松ッ！」

清正が吼え、咄嗟《とつさ》に茂兵衛は聞こえていない振りをした。幾ら酔った上とはいえ、目下日本第一の実力者を「馬鹿か阿呆」呼ばわりは、なんぼなんでもまずかろう。そもそも、家康の家臣である茂兵衛には、聞き捨てにならない発言だ。これを座視しては、茂兵衛の忠誠心が疑われよう。

「も、茂兵衛……や、茂兵衛殿、今のは聞かなかったことに、一つ頼む。この通りだがね」

と、両手で拝まれた。

「や、それがしには、なにも聞こえておりませんので」

まずはこれでいい。所詮は酔客の戯言《ざれごと》だ。ここで忠臣面をして激高し、正則を問い詰めても徳川に益はない。家康は決して喜ぶまい。なにも聞こえなかったのだ。聞こえなかったものは仕方がないのだ。

「すまんなァ」

「いえいえ、お気遣いは無用にござる」

「市松よ、聞かれた相手が茂兵衛殿でよかったのう、ガハハハ」

清正の冗談が、場を和ませた。

「まったくだがね、茂兵衛殿でよかったァ、へへへ」

「いえいえ、まあまあ」

「……で、どうなのだ？」

と、清正の顔から笑みが消えた。

「どう、とは？」

「治部少輔への過ぎたる厚遇に関して、内府様の御本心は奈辺にありやと伺っておる」

「ああ、それでござるなァ」

（さて困った。どう答えたものか……）

しばし迷ったが、取り敢えずは今回も建前で押すことにした。

「主人家康は現在、豊臣家の五大老筆頭者として天下の政を司っており申す。故太閤殿下が天正《てんしょう》十三年（一五八五）以来、逐次お定めになった惣無事令を、ただだ愚直に、律義に墨守しようと致しておるだけではございますまいか」

「あ、惣無事令ねェ」

まるで忘れていたかのように、清正は目を剝き、少し仰け反った。

「なるほど惣無事令か……内府様は信長公の時代から、筋金入りの律義者であられたからのう」

清正と正則が、顔を見合わせて頷きあった。決して皮肉を言っているようには見えない。心底からそう思っているらしい。

家康は気難しい信長に家来同様に扱われても、二十年間に亘り同盟を守り抜いた。織田家との紐帯を維持するためには妻子をも犠牲にした。小牧長久手《こまきながくて》で秀吉と戦ったのも私利私欲には非ず。信長の倅の信雄が泣きついてきたものだから、止むなく戦ったに過ぎない——これが世評である。真実は兎も角として、誰もがそう信じている。家康は律義な正直者で温厚かつ無欲と、若干根拠不明な要素まで含めて世評は高い。

「御意ッ」

と、清正に頷きながら、茂兵衛は内心で苦笑していた。

（律義者と、律義を装っている者とは正反対だからなァ。我が殿は、悪人でこそねェが、腹の中は相当に黒いぞォ。だからこそ、ここまで生き残ってこれたんだわ。律義な正直者が、二百五十万石の太守になんぞなれるもんかい）

茂兵衛から見れば、信長との同盟を維持し続けたのは、武田《たけだ》という強大な敵に対抗するため、織田の後ろ楯が欠かせなかっただけだ。妻子を殺したのは、たぶんに徳川家内部の事情が絡んでいたし、小牧長久手戦への参戦を「織田家への義理立てであり、私欲とは無縁」には無理があろう。

福島邸を辞したのは、夜の五つ（午後八時頃）過ぎ。あれから清正も酒を飲み始めたから、茂兵衛も相伴した。少しだけ酔った。

ポクポク。ガタガタ。

愛馬野分に跨り、豊後橋を向島城に向けて渡りながら、茂兵衛は考えた。

（殿様は世間から「ええ人」の印象をもたれとる。これは一つの財産だわなア）

付言すれば、家康の評判は「ただのええ人」ではない。もの凄く「手強いええ人」なのだ。三方ヶ原《みかたはら》ではあの信玄《しんげん》の大軍に、自ら先頭で突っ込む蛮勇を見せたし、小牧長久手では六万の秀吉軍にわずか一万六千で挑み、互角に勝負した。

やはりこの時代、人柄の良さだけでは人はついてこない。実力があってこそ、恐れられてこその「ええ人」なのだ。

（家康公はこのまま、天下を豊臣から奪い取るおつもりかも知れんのう。それも戦をせずに、血を流さずに政権を奪取するのよ）

鎌倉《かまくら》幕府は源氏が開いたが、北条氏に実権を奪われた。源氏の将軍は名目だけとなったのだ。北条氏は、源氏に逆らいはしなかった。戦を仕掛けた形跡もない。ただただ政治的に権力を簒奪《さんだつ》したのだ。あるいは家康も、北条氏の手法を模索しているのかも知れない。

（そうなると、殿様の人望が効いてくるわけだわなァ。どうせ仕えるなら「ええ人」の下につきたいものなァ。短気で残虐な信長公や、老耄した秀吉公の下では、枕を高くして眠れんからのう）

茂兵衛は本日、文治派と武断派の領袖と相次いで面談した。正則や清正はもちろん、三成にしても、家康を頼り、その政治力に期待している部分が垣間見えた。

その根底にあるものはおそらく、家康の人柄への信頼であろう。

（まさか殿様、これを見越して「ええ人」を装っておられたのではあるめェなァ。だとしたら、これ、相当の悪党だわなァ、へへへ）

七日の月は、もうだいぶ西の空に傾いていた。いわゆる上弦の月で、夜半過ぎには早々と姿を隠してしまう。茂兵衛は西の空の月を愛《め》でつつ、フウと酒臭い息を夜の静寂《しじま》に向けて吐きだした。

三

明朝は早くから、佐和山に向けて発《た》つ。暗くなる前に、兵糧の集積、駄馬や人足の手配が済んでよかった。鉄砲百人組は、いつでも出発できる態勢だ。茂兵衛は安堵して左馬之助以下の寄騎たちの労をねぎらった。

自室に戻ると、弥左右衛門が一人で待っていた。

「あれ、富士之介は？」

茂兵衛が質した。

「粒金を銭に両替してくると、勘定方の方に」

「あ、そう」

明日から、長くなれば十日前後の長旅になる。茂兵衛の財布を預かる富士之介としては、小銭も必要なのだろう。ちなみに、この時期はまだ、秤量貨幣の粒金と輸入銭である永楽銭《えいらくせん》などで売り買いは行われていた。天正十五年（一五八七）に秀吉が、天正通宝という金貨と銀貨を発行したが、褒賞用や進物用の通貨に留まり、一般には流通していない。

床柱を背にして座った。婿殿と対座するかたちだ。例によって気まずい。

「あの……」

なにか和むような話題をみつけねば息が詰まる。

「はッ」

「な、なにをしておったのか？」

「……その、考えごとを」

（か、考えごとって……座ってひたすら考えるのかい？　おまんは禅坊主か？

よく間がもつのう）

「で、なにを考えておった？」

「よしなしごとを様々に……今は、庄屋殿の改名について考えておりました」

「ああ、書状にあったな。『梅田茂兵衛』の話だら？」

もちろん、その後、婿殿からの手紙は文机の奥から引っ張り出し、幾度も読み返して頭に入れてある。ちなみに、婿殿の伏見訪問は、綾乃と寿美の強い勧めによるものらしい。その理由については特段なにも書いてなかったが、茂兵衛には妻と娘の家内安全に対する強い想いがなんとなく理解できた。

「御意ッ」

茂兵衛は現在、上総国《かずさのくに》は夷隅《いすみ》七ヶ村、三千石の領主だ。陣屋はまだ建てていないから、各村の庄屋の屋敷を陣屋代わりとし、徴税や土木などの行政事務を行っている。七人いる庄屋のうちの一人が梅田茂兵衛という名で、領主の植田茂兵衛と一字違いであり、畏れ多いからと改名を申し出ているそうな。

（畏れ多いかどうかは兎も角、植田茂兵衛と梅田茂兵衛で、勘違いがあってはならねェ。ま、改名はしてもらった方がええだろなァ）

「なんと改名することになったのよ？」

「色々と考えておりましたが、むしろ、義父上様の方から庄屋殿に名前を下賜されてはいかがかと」

「ほおほお」

「領主から名前を拝領したとなれば名誉なことですし、庄屋殿としても大層喜ばれるのではないかと」

「ええよ。で、名は俺が考えるのか？　少し面倒だわなァ」

「もし宜しければ、私が幾つか候補を挙げますので、その中から義父上様にお選び頂ければ手間要らずかと」

「おまん、命名とかに詳しいのか?」

「いささか占術の知識がございまする」

「ふ〜ん……」

そう言えば小六が以前、子供たちが寄って貝合わせやカルタをして遊んでいても、弥左右衛門の記憶力が一人頭抜けており、周囲が鼻白むほどだったと評したことがある。

(辰蔵も、左馬之助も、小六も、それぞれに「できる男」「使える配下」ではあるが、婿殿のそれは少々異質だよなァ)

茂兵衛自身はもちろん、辰蔵も左馬之助も小六も、所詮は現場の人間である。敢えていえば、加藤清正や福島正則の武断派に近い。家康が茂兵衛を福島邸に通わせるゆえんであろう。一方、弥左右衛門はおそらく、本丸御殿の中で石田三成や長束正家などの優秀な文治派と働いてこそ光る人材なのではあるまいか。

(徳川にも三成的な人材はおるがね。この婿殿は、三千石の領主として封地の経営を楽しむのもええが、江戸城本丸御殿に入って、本多佐渡守《さどのかみ》様や土井利勝殿た

ちと仕事させた方が面白《おもし》れェのかも知れんなァ）

「おい婿殿」

「はッ」

「おまん、明日、佐和山行きに同道するか？」

「是非、是非にお供致したく思いまする」

笑顔がはじけた。舅から旅に誘われてよほど嬉しかったのだろう。茂兵衛と一緒で婿殿の方も、舅殿との距離感に悩んでいたらしい。

「甲冑は持参しとるか？」

「もちろん、持って参じましてございまする」

なかなかよい心掛けである。

「ほお、どんな戦装束だら？」

と、茂兵衛は興味津々、身を乗り出した。この時代の武士にとって、甲冑や槍、刀は実用的な武具であると同時に、相手の趣味趣向、生死観や戦に対する心構えを知るための縁ともなり、常に共通の話題となった。

「具足は黒糸威《くろいとおどし》、兜は桃形《ももなり》の黒漆掛けで、立物《たてもの》はございません」

立物——前立の鍬形《くわがた》や三日月、脇立の牛や鹿の角など、兜の飾りを指す。桃形兜はよく矢弾を弾き、軽量かつ安価、実用的な兜だ。

「黒ずくめかよ。若いのに少し地味過ぎではねェのか？」

「実は妻が……目立つ甲冑は、敵の鉄砲の的になるから、と」

「な、なるほど」

茂兵衛は内心で噴き出した。「生きて帰りたきゃ、目立つ甲冑は着るな」は茂兵衛がいつも繰り返していた台詞である。綾乃は、父親の嫌がることばかりするひねくれ者だが、己が亭主の命がかかるとなると、シラッと父親の言葉を参考にするらしい。ま、それでいい。弥左右衛門の戦装束を聞いただけで、茂兵衛は若夫婦の戦に対する認識を知ることができた。実用本位。目立って武功を挙げることよりも、生きて帰ることに主眼を置いている。そこも気に入った。

「ほうかい。分かった。明日、植田家家来は富士之介以下十人連れていく。おまんはその十人を率いて、俺の馬の後からついてこい」

「御意ッ」

優秀な婿が笑顔で平伏した。そして茂兵衛は気づいた。奇妙なことに、弥左右衛門の出っ歯が、今はまったく気にならなくなっている。

佐和山に向けて発つ直前、茂兵衛は家康に呼ばれ向島城の書院へと伺候した。

「よお、茂兵衛……ええ天気でよかったのう」

家康は上機嫌であった。

「お陰をもちまして」

「宰相（秀康）はまだ若い。今回は彦右衛門《ひこえもん》（鳥居元忠）も又八郎（松平家忠）もつけてやれん。おまん、一つ宜しく頼むわ」

「御意ッ」

と、婿殿の鎧にも負けぬ地味な紺糸威の甲冑姿で頭を下げた。

「兎に角、治部少輔殿を死なすな。それが今回、おまんの最大の役目だがね」

「御意ッ」

「治部少輔殿に万が一のことがあれば、今後の展望が見えんようになる。ワシは大いに困るんだわ」

「御意……」

同じ返事だが、三度目の「御意」は随分と声が低くなった。

「なんだら？　不満でもあるのか？」

家康が耳ざとく聞き咎めて、茂兵衛を睨みつけた。

「不満など。とんでもございません」

「嘘つけェ。ワシはおまんの糞面を五十年も見とるんだぞ。その顔は不満タラタラの面だわ」

（ご、五十年って……俺まだ、お仕えして三十数年ですがね）

「こら茂兵衛、腹になにを隠しておる？　ゆうてみりん」

　と、腕を組んでさらに怖い顔で睨んでくる。

（ま、参ったなァ）

　見回せば、太刀持の小姓が一人いるだけで、書院の中には家康と茂兵衛の二人きりだ。

「あんの……」

「おう」

「実は……」

「早うゆえ！」

「先一昨日、拾遺様（福島正則）のお屋敷で、主計頭様《かずえのかみ》（加藤清正）から質されたことがございまする」

「ほう、なんと問われた？」

「どうして殿様は、かくも治部少輔様を、大事に扱われるのですか？」

さらに続けた。

「殿様の政敵でもある治部少輔様を、わざわざ宰相様を護衛につけてまで領地へ送り届けるのは、ちとお人好しが過ぎるのではないかと」

「お人好しのなにが悪い？」

（だから、お人好し過ぎて「実は、馬鹿か阿呆なのではねェか」と心配されとるんですわ）

無論「馬鹿か阿呆」は口に出せない。正則と約束したし、茂兵衛自身も立場を失くす。

「それに今、殿は治部少輔様に万が一のことがあれば、今後の展望が見えんようになり、大いに困ると仰せでした。治部少輔様が亡くなられたとして、徳川にいかほどの不利益がございますのか？」

「大いにあるさ」

「政敵なのに？」

「分からんか？」

「分かりません」

「茂兵衛よ、おまん、幾つになった？」

家康が脇息にもたれ、嘆息を漏らした。

「五十三になりましてございまする」

「五十三か……もそっと頭を……や、今さら遅いかなァ」

と、薄ら笑いを浮かべて茂兵衛をなぶる。阿呆をなぶって楽しんでいる。これには、さすがの茂兵衛も憤然となった。

「こ、後学のため、是非ご教示願いとうございまする」

「後学って、おまん、もう後がねェだろがよ」

「あ、あんの……」

さすがに空疎な沈黙が書院内に流れた。

「ご、御免」

「ま、ええわ。よし、教えて遣わす。寄れッ」

と、甲冑姿のまま膝行し、家康に近づいた。

「ええか茂兵衛」

「ははッ」

「治部少輔が死ねば、残る文治派は誰や」

家康は身を乗り出し、声を潜めた。

「長束か？　増田か？　前田玄以か？　どれも小役人ばかりよ。豊臣家は清正や正則らの武断派が牛耳《ぎゅうじ》るわなァ。内紛の火種はなくなるがね」

「なるほど」

「お、察しがついたか？」

「や、全然……」

「たァけ」

と、叱られたが、家康はさらに続けた。

「文治派であれ武断派であれ、豊臣家が一枚岩になれば、最早ワシのつけ込む隙はねェ。図体は向こうの方が何倍もでかいからのう。ワシの主眼は、豊臣家内部に対立の火種を残しておくことだがね。そして治部少輔は数少ない火種よ。治部少輔は生きておってこそ、徳川の役にたつんだわ。奴が本物の忠臣で豊臣家のことを思うなら、佐和山に引っ込んで完全に隠居するわ。豊臣家は加藤清正辺りが牛耳るだろう。その内に秀頼公が成長なさる……ワシは手も足も出ねェことになる。無論、そうはさせんけどなァ、へへへ」

と、片目だけをそっと閉じた。

（やはり殿様は、おっかねェお人だわ）

茂兵衛の背筋を一筋、冷や汗が流れ落ちた。

（取り敢えず、俺は治部少輔殿を死なせねェことだけを考えるとしよう。もう余計なことは一切考えねェぞ。後のことは殿様に全部お任せだわ。それが俺の分際だがね）

茂兵衛は主人に再度頭を下げた後、席を立った。

四

慶長四年（一五九九）閏三月十日、茂兵衛と鉄砲百人組は、結城秀康に率いられて伏見を発った。これから逢坂関《おうさかのせき》を越えて片道十七里（約六十八キロ）の長旅が待っている。罪人の護送ではないから、三成は平服姿で騎乗し、秀康と轡を並べて黙々と馬を進めていた。

事実上の護衛隊指揮官である茂兵衛は、三成と秀康のすぐ後方に位置をとり、四方に気を配っていた。秀康と茂兵衛以下の鉄砲百人組は全員が甲冑姿だ。鉄砲足軽が百人、槍足軽が七十人、弓足軽が三十人。兵糧弾薬を運ぶ小荷駄隊が百人いる。その他に、三成の家臣が百人ほど。秀康の家来もほぼ同数だ。もし不埒者が襲ってくれれば、鉄砲百人組を中心に総勢五百人で応戦し、撃退するのが護衛隊の役目である。

弥左右衛門も黒ずくめの戦装束で同道していた。ただ、鉄砲百人組頭の娘婿というだけの立場だから、「植田家家臣団の一員」としての参加である。富士之介以下十人いる植田家家来の筆頭者として、茂兵衛の背後で馬を進めていた。

さらに茂兵衛は、四番寄騎の植田小六と五番寄騎の小久保一之進にそれぞれ槍足軽十人ずつを預け、隊列の前後左右を広範囲に歩かせている。待ち伏せや、遠距離からの狙撃に対する用心だ。一般的な火縄銃の有効射程は半町（約五十五メートル）ほどだが、長射程の狭間筒《はざまづつ》を使えば一町乃至は一町半の距離から狙ってくる猛者もいなくはない。その辺の事情を二人の寄騎には縷々《るる》伝えてある。

結城秀康は、紛うことなき徳川の御曹司だが、なかなかの苦労人でもある。

天正十二年（一五八四）、小牧長久手戦の和睦条件として、秀吉の養子になるべく大坂城《おおさかじょう》へと送られた。その折わずか十一歳。体のいい人質である。茂兵衛は今日と同じように鉄砲隊を率い、若殿を大坂まで護衛したものだ。以降、秀康は成人するまで大坂城内で過ごした。秀吉は彼を厚遇したが、決してお気楽な若様暮らしではなかったはずだ。その経歴は、父親である家康が今川《いまがわ》家へ人質に出され、今川義元《よしもと》から可愛がられた経緯に酷似していた。

今回の旅でも、秀康は苦労人ぶりを遺憾なく発揮している。武断派の恫喝に屈し、敵対している家康に命を救われ、今は領地に追い払われ隠居せねばならない三成の境遇だ。その無念を慮るのか、自分からはあまり話しかけず、それでいて三成が何か言えば、明るく笑顔で応対している。十一歳のころ、腹の据わった賢い少年だと感心したものだが、資質のままに成長しているらしい。

（若い頃の苦労は、買《こ》うてでもせよとか言うが……ありゃ、本当だわなァ）

後ろから見ていても、なかなか配慮の出来る人物と茂兵衛は感じ入った。

（宰相様は、小六より一つ若い……婿殿の三つ上か。大したもんだわ）

小六は今年二十七歳。弥左右衛門は二十三歳。秀康は二十六歳である。

（配慮のできる殿様に仕えて、金吾《きんご》の奴は果報者よォ）

金吾とは、かつて茂兵衛の鉄砲隊で小頭を務めていた小栗《おぐり》金吾のことである。目端が利く上に鉄砲名人でもある彼は、秀康から気に入られて家来となり、今では結城家で六百石を食《は》んでいる。茂兵衛は、小栗金吾と一緒に旅ができることを楽しみにしていた。

「お頭」

「よお、金吾。息災か？」

馬を寄せてきた金吾はでっぷりと太り、髭《ひげ》を生やし、なかなかの貫禄である。赤ら顔だけが、以前の面影を残していた。十万五千石の結城家で、六百石を食めば堂々たる重臣《おとな》だ。もともとは鉄砲隊の小頭として徒士《かち》身分だったことを思えば、大層な出世である。

「おまん、少し肥え過ぎではねェのか？」

「ハハハ、まあねェ。少しねェ。でも、目方があった方が、むしろ鉄砲はよう当たるんですわ」

射手は体重が重い方が、発砲の衝撃を体全体で吸収しやすく、銃身が暴れずに命中精度は上がる。

「阿呆ッ」

前を行く秀康が、茂兵衛と金吾の会話を聞き咎めて振り返り、金吾を睨みつけた。

「お前の肥え様では、戦場に着くまでに息が上がってハアハアで、鉄砲なんぞ撃てやせんぞ。おい茂兵衛、ワシがゆうても聞かん奴や、おまんから、金吾に痩せろと命じてくれェ」

「御意ッ」

と、秀康に頷いてから、改めて金吾に向き直った。

「金吾、宰相様の御命令だァ。五月までに二貫（七・五キロ）痩せろ。痩せなんだらおまん、余分な腹の肉を切り取るぞ」

「そ、そんな殺生《せっしょう》な」

「ハハハハハ」

秀康の隣で石田三成が、鼻にかかった甲高い声で笑いだした。襲撃の恐れさえなければ、楽しい旅になりそうなのに——少し残念だ。

伏見を発った隊列は、京《きょう》市街を左に見ながら北上し、髭茶屋《ひげちゃや》の追分で東海道《とうかいどう》に出た。この辺りから上り坂は勾配を増していく。逢坂山の鬱蒼たる森をどんどんと上った。

伏見からおよそ二里半（約十キロ）、昼過ぎに逢坂関を越えると、北東方向の眼下に琵琶湖が見えてくる。本日は好天で空気も澄んでおり、琵琶湖の彼方に北《きた》近江《おうみ》の伊吹《いぶき》山地までもが望まれた。初日は、逢坂山を下って琵琶湖畔の大津《おおつ》まで出る。瀬田《せた》の唐橋《から》のたもとに露営する予定だ。

「宰相様、露営の陣は唐橋の東側に敷きまするか？　それとも西側に？」

茂兵衛は秀康に馬を寄せ、誰にも聞こえぬよう、小声で質した。

陣触れまで出し、殺気立っている佐和山の石田勢を警戒するなら、瀬田川を水堀に見立てて西側に陣を敷くべきだし、福島正則たちの追撃を警戒するなら東側がいい。秀康の戦略眼の程度を知る上でも、どちらを選ぶかは興味深い。

「当然、東側じゃろう。ワシがこの護衛隊を率いる意義は、七将勢から治部少輔殿を守ることにあるのだからな。七将勢がくるとすれば西からよ」

「御意ッ」

茂兵衛としては、冷静な回答に大満足である。

まだ陽が高いうちに瀬田の唐橋に到着し、秀康の判断の通り、橋を渡った東側で露営の準備を始めた。

早い時間から夕餉《ゆうげ》となり、茂兵衛は秀康とともに三成を饗応《きようおう》した。三成は重臣の蒲生源兵衛《げんべえ》一人を伴い、機嫌よく露営の酒を楽しんでくれた。瀬田から佐和山までは、まだ十二里半（約五十キロ）ほどもある。明朝も早く発ちたいので、陽が落ちるとすぐに宴《うたげ》は散会となった。

茂兵衛が自分の天幕に戻ると、金吾が酒肴《しゅこう》を持って現れた。

「へへ、お頭」

「なんだら？　ええ匂いがするなァ」

三成饗応の席での茂兵衛は、給仕役も兼ねており、あまり飲み食いができずに、腹は空《す》いていた。

「猪の肉を味噌で煮てみたんですわ」

「い、猪？　おまん、どこでそんなものを？」

「や、逢坂山を越えるとき、森の中で色々な獣を見たでしょう」

確かに、兎や狸、雉《きじ》や鹿まで見た。初夏の逢坂山は命で溢れている。

「拙者、従者一人を連れて取って返し、獲物はいねェかと森の中を歩いとったんですがね。そしたら、ちょうど目の前半町（約五十五メートル）にでっかい猪が現れましてな、ほんでドンと一発で仕留めたんですわ」

と、鉄砲を撃つ様子を再現してみせた。

「あ、なるほどねェ。そりゃお手柄だったなァ」

十五年前の天正十二年（一五八四）、金吾は、秀康（当時の於義丸《おぎまる》）の御前で、長射程の狭間筒を用い、一町（約百九メートル）彼方の雄雉を撃ち抜き、自らの運命を切り拓いた。半町先の大きな猪なら、両目を瞑《つぶ》っても当たるだろう。

「この時季の猪は脂が乗っとりませんが、腹側の部分ですから多少は柔らかい。味噌と黒糖で半刻（約一時間）以上も煮しめてみました」

この時代、砂糖や黒糖はすべて南蛮からの輸入に頼っており贅沢品だった。国産の黒糖製造は、元和《げんな》の終わり頃（一六二三年前後）に、琉球《りゅうきゅう》で始まるまで待たねばならない。

「でもよォ、せっかくなら俺なんぞより、宰相様や治部少輔様に食べてもらいなよ」

「や、あちらはあちらで、ちゃんとやっとりますから」

「ほおかい。ならば遠慮なく頂こうかい」

初夏の猪は痩せているが、大物なら十五貫（五十六キロ）はあろう。歩留まりが四割だとして、肉が六貫（二十二キロ）ほども取れる。荷駄隊から大鍋を借りて肉を味噌で煮しめ、各方面に配っているのだろう。さすがは金吾、なかなか気の利いたもてなしである。

「こりゃ、美味いもんだわなァ」

豆味噌と黒糖で色濃く黒々と煮込まれた骨付きのアバラ肉を、茂兵衛は頬張った。唇で挟めば肉はホロリと骨から外れる。溶けるように柔らかい。生姜や牛蒡《ごぼう》を一緒に煮てあるので、獣臭もまったく感じない。

「おまん、自ら煮炊きするのかよ？」

「はい。狩りは道楽でございます。獲って、捌《さば》いて、煮炊きして、食らうまでが狩りでございますのでねェ」

「ほお、上手いことゆうのう。鉄砲が達者で、煮炊きもできて、口も回る。その上……おい、聞いとるぞ。おまん、子作りまで上手いそうではねェか」

「はい、お陰様で」

篝火の炎に照らされた赤ら顔が、さらに朱色に染まった。金吾は、正妻の他にも側室を持ち、二人の女房に三人ずつ子を産ませ、今では六人の子の父親であるそうな。

（この野郎、年齢不詳な面しやがって……存外、隅に置けねェなァ）

金吾は気働きが出来る男だ。秀康の結城家でも、なにかと役立っているのではあるまいか。

「や、この肉、なかなか美味いよ」

「さいですか？　よおござんした、へへへ」

二人の会話は、秀康と三成の関係性に移ろった。

「我が殿は、童《わらわ》の頃から治部少輔様に大層懐かれておられましてな」

「ほうほう」

秀康が大坂城に入ったのは天正十二年（一五八四）の師走《しわす》のことである。ほんの数ヶ月前まで豊臣と徳川は小牧長久手で戦っていた敵同士だ。事実上の人質である於義丸こと秀康への、豊臣家家臣団からの視線は、なかなか冷たかったようだ。生来賢く、感受性も豊かな秀康にしてみれば、よほど辛かったのではあるまいか。そのような状況下で、三成ただ一人が秀康に声をかけ、相談に乗ってくれたという。当初こそ「こいつ、なにか企みでもあるのか」と秀康も金吾ら側近衆も疑心暗鬼だったが、そのうちに警戒心も薄れた。城内で共に暮らすうちに、三成と秀康の間には年齢差を超えた友情が芽生えたようだ。

「へえ、治部少輔様はお優しい方なんだなァ」

「我が殿が仰るには、真の君子。君子の中の君子だそうですわ」

「ほおほお」

（おいおいおい、君子の中の君子かよ……ちと治部少輔様への贔屓《ひいき》が過ぎてねェか？）

　金吾が個人的に、幾ら三成に肩入れしても大勢に影響はなかろうが、これがもし、主人秀康の思いを代弁しているのだとしたらえらいことだ。

　目下家康は、政敵である三成を大事に扱っているが、それは表面上のことで、腹には別の思惑がある。家康が三成を敵とみなしていることは、今までの言動に鑑みて確実だ。ただ今回、茂兵衛も三成に接してみて、意外に話の分かる、冷静な才人との好印象を受けたものだが、それはそれ、これはこれであろう。好き嫌いや、君子云々の問題ではない。豊臣秀吉、前田利家亡き今、三成が家康最大の政敵であることは動かない事実なのだ。その徳川家の御曹司が、過度に三成贔屓であるのは問題だろう。

「治部少輔様が大人物だってことはよく分かったが……」

　茂兵衛は、金吾の心に少しだけ踏み込んでみることにした。

「おまんも俺も、そして宰相様もさ、一緒に徳川という船に乗り込んでいるってことを忘れちゃなるめェなァ」

　と、薄笑いを浮かべて顔を寄せ、金吾の目を覗き込んだ。

「あ、あの……」

　金吾が絶句して目を剥いた。盃を置き、背筋を伸ばす。もともとは聡明な男である。三成が徳川の政敵であり、迂闊《うかつ》にも自分が、その政敵を一方的に褒め過ぎたと気づいたようだ。

「も、もちろんでございまする」

金吾は結城家重臣の顔に戻って、弁明を始めた。茂兵衛のことも「恩義あるお頭」というよりも「家康側近の植田茂兵衛様」と見なしたようだ。

「我が殿は御父君の家康公を神の如くに崇拝し、信頼し、徳川のためには自らの命をも投げ出す御覚悟にございまする。石田様との厚情はあくまでも私的な感情であり、徳川一門としての公的な立場とは別物にございまする。秀康公は、今も昔も徳川家に殉じる御覚悟にございまする」

「うん。それを聞いて安堵したがね。な、金吾、俺はおまんのことを身内だと思うとる。宰相様とも童の頃からのお付き合いだわ。悪《あ》しゅうはせんよ。だからおまんも気をつけんとな。あまり治部少輔様を大っぴらに褒めるな」

「御意ッ」

「意地の悪いことをゆうたが、悪く思わんでくれや。ま、飲もうで」

と、改めて互いの盃に酒を注いだ。

「とんでもございません。拙者こそペラペラと不用意なことを申しました。以後気をつけまする」

「うん、分かった。飲もう」

二人で盃を一気に呷った。随分と、塩辛い宴になってしまい、せっかくの猪肉も冷めてしまったが、これで金吾とは仲直りだ。

五

翌朝は、まだ薄暗い中、六つ（午前六時頃）前に瀬田の唐橋を発った。本日は七里半（約三十キロ）を歩き、今は廃城となっている安土城址《あづちじょうし》に野営するつもりである。安土城から佐和山城までは五里ほどだから、最終日がうんと楽になろう。

例によって茂兵衛は、秀康と三成の後方を進み、野分の背に揺られていた。物見の槍足軽隊も二組から四組に数を増やし、隊列の前後左右を広範囲に警戒させている。

（ここまで心配する必要もねェのだろうが、万が一とゆうこともある。俺らは護衛隊だァ。警戒のし過ぎということはねェだろう）

前を行く三成と秀康は、時折笑顔を見せ、仲良く語り合っている。

（おいおい、仲がええなァ）

昨夜のこともあり、馬を寄せ、何を喋っているのか聞き耳をたてようかとも思ったが、あまりに不躾《ぶしつけ》だ。露骨だ。それに、コソコソと囁き合っているわけでもない。轡とりの従僕などの耳もあり、さほどに政治的な話はしていないと見た。

（ま、考え過ぎだわなァ）

茂兵衛は、昨夜の金吾との宴の顚末を思い返していた。

あれから金吾は、結城家の重臣として、よほど旗幟《きし》を鮮明にする必要性を感じたのだろう、幾つか豊臣家の内部情報を明かしてくれた。天正十八年（一五九〇）の小田原《おだわら》征討後に結城家へ婿入りするまでの六年間、秀康は秀吉の養子として大坂城内で暮らした。金吾ら側近衆も豊臣家に深く食い込んでおり、その内部情報の量と質は頭抜けていた。つまり結城家は、徳川内にあって、最も豊臣通なのだ。

「お頭、ここだけの話でござるが」

金吾は顔を寄せ、小声で囁いた。

「五奉行以下の文治派は、必ずしも一枚岩に非ず」

「ほお」

茂兵衛には驚きである。文治派は三成以下、鉄の結束で徳川に歯向かっているものと勝手に思っていたからだ。

「浅野長政公と治部少輔様は、今や犬猿の仲にござる」

「ほぉほぉ」

浅野長政は秀吉とは相婿の関係にあり、若い頃から秀吉の覇業を内政面で支えた。五奉行の筆頭として手腕を発揮したが、秀次と比較的に近く、彼の粛清以降、秀吉から疎んぜられ、三成と対立する場面が増えたという。すっかり浅野長政は五奉行内で浮き上がってしまっているそうな。

「居場所がねェのか？」

「御意ッ。今や浅野公、実権はほとんど奪われており、お飾りの五奉行と揶揄《やゆ》する向きもござる」

「ふ～ん。そう言えば石田邸を襲った七将の中に、浅野公の御子息（浅野幸長）の名もあったなァ」

茂兵衛が知らないだけで、乙部八兵衛辺りはすでに知っていることかも知れないが、一応は家康の耳に入れておくべき事柄だろう。

「治部少輔様、小西行長様、長束正家様、大谷吉継《おおたによしつぐ》様辺りの結束は固いのですが、中で増田長盛様は、あまり義を重んじる方ではなく……」

「というと？」

「蓋し、君子に非ず。増田様は、文治派を裏切る可能性がなきにしも非ずなのかな、と拙者などは見ておりまする」

つまり、家康がもし文治派の分断工作を図るなら、浅野長政と増田長盛が狙い目だと金吾は仄《ほの》めかしているらしい。

「文治派も色々だわなァ。殿様にゆうとくわ」

「是非ッ。ね、お頭……くれぐれも家康公によしなにお伝え下され。我が殿も結城家も徳川専一、徳川大事、決して裏切ったり、反目に回ることはございませんから」

「分かってるって」

と、昨夜は答えたのだが、今になって考えてみると——

（あれだけのお宝情報を知っていながら、もし殿様に伝えてねェとしたら、これ、宰相様はお立場を悪くされねェか？　なんで今頃になって言ってんだよォ、なんで今まで黙ってたんだよォ、てなことにもなりかねんからなァ）

三成と秀康、気が合うのは事実だ。秀康が故秀吉の養子だったのもまた事実である。最前、結城家は徳川内の豊臣通だと述べたが、それは取りも直さず「敵側に近い」という意味でもある。

（どうするかなァ）

茂兵衛は迷っていた。

（殿様にそのままお伝えして、宰相様のお立場を悪くするのは、俺の本意ではねェ。それに殿様は、宰相様には案外お冷たいからなァ）

一度は捨てた子（他家へ養子に出した子）との思いがあるのか、それとも跡取りに決まっている秀忠に対する配慮からか、はたまた生誕時に縁起の悪い双子であったことを嫌うのか、理由は定かでないが、家康は概して秀康に冷たかった。

（さりとて、これだけの情報だァ。黙ってるってゆうのも殿様に対する裏切りだわなァ。これ、どうするかァ）

悩みに悩んだ挙句、茂兵衛は、金吾がもたらしたお宝情報を、結城家内での噂話として家康に伝えることにした。一方で、秀康と三成の友情とか、君子の中の君子とかの件は、黙っていようと心に決めた。ま、その辺が落としどころだろう。

午後、行軍する茂兵衛たちは、北方の上空に濛々《もうもう》たる土煙が立ち上るのを認めた。

(おいおい、あの様は、百や二百の数ではねェなァ)

「宰相様」

「うん」

秀康もすでに気づいており、手をかざして北方を注視している。

「止まれッ」

と、茂兵衛は腕を高く上げて命じた。

「止まれッ」

「止まれェ」

寄騎衆、小頭衆が次々に復唱していき、五百人の隊列はその場で足を止めた。

「姿こそ見えませぬが」

茂兵衛は、形の上では護衛隊指揮官である秀康に、簡単に状況を説明した。

「おそらくは数千からの軍勢が、こちらに向かい押し寄せてきているものと思われまする」

「うん。で、茂兵衛、いかがする?」

「右手に小高い丘がありまする。あそこに仮の陣地を設け、鉄砲隊に放列を敷かせたく思いまする」

「治部少輔殿、いかが？」

秀康が、三成に確認した。

「ここは、宰相様にお任せ致しまする」

三成が答え、それに頷いた秀康が茂兵衛に振り向いた。

「では、そのようにやってくれ」

「御意ッ」

左馬之助を手招きすると、鐙を蹴ってすぐにやってきた。

「右手の丘に二列横隊で放列を敷け。荷駄の米俵を前に積んで仮の土塁とせよ」

「御意ッ」

左馬之助には、これだけ伝えれば十分である。後は、茂兵衛以上に整然と仮設の陣地を構築してくれるはずだ。

「お頭、あれ、小六ですぜ」

と、左馬之助が指さす彼方を振り返れば、小六が血相を変えて、馬を飛ばしてくるのが見えた。

「お頭」

小六は鞍から転がり下りると、茂兵衛の前に片膝を突いて畏まった。

「騎馬隊、鉄砲隊を基幹とする約三千、こちらに向かっております。四半刻（約三十分）もすればやって参りまする」

「旗指を確認したか？」

「どれも大一《だいいち》、大万《だいまん》、大吉《だいきち》にござる」

大一大万大吉――まごうことなき石田家の定紋だ。

「どれ、ワシが行こうか？」

三成が提案したが、茂兵衛はこれを即座に却下した。

「いえいえ、まずはそれがしがお話を伺って参ります」

いかな鉄砲百人組でも三千人には勝てない。最悪の場合、三成を楯に使っても窮地を切り抜けねばならない。三成は確保しておくべきだ。

「治部少輔様、昨夜御一緒した蒲生源兵衛殿をしばらくお貸し下さいませぬか」

「容易《たやす》いこと」

三成が頷き、大声で「源兵衛ッ」と蒲生を呼んだ。

わずか八日前まで三成は、七将に追い回され、屋敷を囲まれ、殺される寸前だったのだ。佐和山の軍勢が殺気立っていることも十分考えられる。その場合は、身内である蒲生源兵衛に宥めてもらうしかあるまい。

「小六、おまんは徳川の幟旗を持ってついてこい」

「御意ッ」

「では宰相様、治部少輔様、それがし行って参りまする」

「おう、頼んだぞ」

茂兵衛は、蒲生源兵衛と三つ葉葵の旗指を持った小六を率い、北に向けて勢いよく鐙を蹴った。

当初、土煙を認めたころには、二里半（約十キロ）も離れていたのだろうが、双方から馬を走らせるとすぐに敵勢の姿が見えてきた。小六の見立て通り、確かに三千はいる。なかなかの迫力だ。

「植田殿、間違いなく我が石田勢にござる」

鞍上から蒲生源兵衛が声をかけてきた。

蒲生源兵衛郷舎《さといえ》は尾張《おわり》の人。もともとは坂《さか》氏を名乗ったが。父の代からは蒲生氏郷に仕え、武功を重ねたことで蒲生姓を賜った。その後、蒲生家の内紛を嫌って浪人し、今は三成に仕えている。

「どうどう、どうどう」

彼我の距離が一町（約百九メートル）に近づいたところで、茂兵衛は馬を止めた。石田側も先頭を走っていた武将が手を上げて何事かを叫び、三千人の突進はピタリと止まった。初夏の琵琶湖畔に、緊張と静寂が横溢する。

茂兵衛は一騎、前に進み出た。

「それがし、徳川内府が家来、植田茂兵衛と申す者。結城宰相の指揮の下、石田治部少輔様を護衛して佐和山城まで参る道中にござる」

石田側からも大柄な武者が進み出た。最前、手を挙げて突進を止めた男だ。

「拙者は石田治部少輔が家来、島左近と申す者。植田殿とやら、馬を寄せるゆえ、話し合おう」

「同意ッ」

と、双方からゆるゆると馬を進め、茂兵衛と島左近の距離は二間（約三・六メートル）にまで近づいた。

島左近——年齢は還暦前後か。相当な古強者《ふるつわもの》である。具足は紺糸威《こんいとおどし》、五十二《ごじゅうに》間筋兜《けんすじかぶと》の前立は小ぶりな鍬形だ。面頬《めんぼお》は着けていない。いかにも玄人好みの戦装束である。長大な鎌槍を小脇に抱え、大きな青毛馬《くろうま》に跨っている。老けてはいるが、まだまだ強そうだ。ちなみに、茂兵衛はもちろん、小六も蒲生源兵衛も、槍や弓などの長物は一切手にしていない。

「誤解されては困るのですが、我ら石田家は、徳川様と事を構える気は毛頭ござらん」

島左近は、まず己が立場を宣言し、さらに続けた。

「こうして軍勢を率いてきたのも、御隊列の殿軍《しんがり》を受け持ち、京方面からの襲撃に備えるため、それだけにござる。他意はござらん」

「承ってござる。安堵致しました」

要は、主人三成の身を案じ、居ても立ってもおられず、城兵を率いて迎えにきた。それだけのことのようだ。

「主《あるじ》、治部少輔は今どちらに？」

「一里（約四キロ）ほど後方で待機されております」

「左様ですか。一刻も早く無事なお姿を家臣たちにも見せたいのですが」

「よく分かります。では……」

一存では決められないことも多い。茂兵衛は、いったん秀康の元に戻り、対応を相談することにした。島左近も軍勢を率い、ゾロゾロと後からついてくる。

「別に、よいではないか」

仮の野戦《いくさ》陣地の中で秀康が笑った。

「この場で治部少輔殿を御家来衆にお任せし、我らはここから踵《きびす》を返して京に戻ろうと思う。治部少輔殿はそれでいかがですか？」

「拙者に異存はございません」

「茂兵衛はどうだ？」

「お言葉の通りに」

「では、そのように致そう」

三成はここまでの護衛を感謝し、かつて宇喜多秀家から贈られた名刀正宗《まさむね》を秀康に贈呈した。鎌倉期に五郎入道《ごろうにゅうどう》正宗によって鍛えられた相州《そうしゅう》伝の業物である。

「宰相様、今般までの御友誼に深く感謝致しまする。ただ……」

「ただ？」

秀康が質した。

「もし将来、敵として戦場でまみえることがあれば、互いに死力を尽くして戦いましょうぞ」

とだけ告げて、三成は馬首を巡らし走り去った。石田家の家来衆百人は蒲生源兵衛が率いて、やはり北に向けて去っていった。

「なあ、茂兵衛よ」

遠ざかっていく三成主従を見送りながら、秀康が背後の茂兵衛に質した。

「ははッ」

「父上は……豊臣と戦うおつもりなのだろうかな？」

「さあ、どうでございましょうか」

後頭部に、金吾の視線が突き刺さるのを感じた。やはり昨夜の失言が気になっているらしい。

「殿様は和戦両様、その折その折の風を読んで、決断されるのではございますまいか」

「なるほどなァ。父上らしい」

茂兵衛は敢えて曖昧な表現で誤魔化したが、心中では「あんたの父上、どうやら、その気らしいですぜェ」と本音で返事をしていた。

第四章　大坂城《おおさかじょう》月見櫓《やぐら》

一

秀康と茂兵衛が、琵琶《びわ》湖畔から伏見《ふしみ》に戻ったその日、慶長《けいちょう》四年（一五九九）の閏三月十三日、家康は住まいを向島城《むかいじまじょう》から宇治川《うじがわ》を隔てた木幡山伏見城《こはたやまふしみじょう》へと移した。

今まで家康が向島城にいたのは、安全面の配慮からである。伏見城下の徳川屋敷は大手門に近い一等地にはあるが、石田三成側の文治派の大名家に囲まれていた。道を隔てた南隣は、伏見城内の石田曲輪とはまた別だが、石田三成本人の屋敷である。だが、三成が伏見から放逐されたことで、ようやく安全面が確保された。だから伏見城へと戻る、そんな話の流れである。

ただ、これには少しだけ誤魔化しが含まれており、家康は伏見城下の文治派に囲まれた徳川屋敷に戻ったわけではない。木幡山伏見城に入ったのだ。住むことになったのだ。名目は城番でも城代でもいい。何しろ伏見城を押さえた。秀吉が天下に号令した木幡山伏見城で政務を執り、そこに住むことには、象徴的な意味合いが含まれる。その辺に家康の主眼はあったのだろう。

然《さ》は然りながら、これで、国の政《まつりごと》は伏見城で家康が執り、秀頼は淀君と側近に守られて大坂城内に籠る——ひたすら成長を待つ——との態勢が整えられたことになる。これは故秀吉の方針でもあった。あくまでも主君は秀頼であり、彼が成長するまで、家来である家康が実務を代執行する。秀頼の成長後は、家康は天下の大権を秀頼に返還するとの建前だ。

家康自身も表面上はそう振る舞っていた。誰もが、日本国第一の実力者が家康であることを認めていたが、狡猾なので、大坂城の秀頼に鼎《かなえ》の軽重を問うような幼児的な示威行動はとらない。あくまでも「ワシは秀頼公が成人されるまでの繋ぎよ」との体を守っている。だからこそ、前田利家が死に、石田三成が駆逐された後にも、残された五奉行や文治派連中は、家康の政務執行に表面上は協力的であった。

家康が決裁すべき政務の中には、秀吉の葬式も含まれていた。

閏三月に入ると、そろそろなんとかせねばならなくなってきた。

朝鮮《ちょうせん》からの撤収絡みで、秀吉の死は秘されたので、遺体を荼毘《だび》に付すことも、埋葬することもできない。一応はこの二月十八日に、薨去が公表されたものの、太閤関白太政大臣の遺体を粗略に扱うことは出来ない。結果、昨年八月の薨去以来、秀吉の遺体は木幡山伏見城内に、なんと「塩漬けとなって」安置されていたのだ。

「ほお、太閤様はもう八ヶ月も塩漬けかいな」

木幡山伏見城内に与えられた自室で、茂兵衛が不快そうに呟いた。

「同じ城の中に『それ』はあったわけさ……想像するだに、おぞましいがね」

琵琶湖畔の旅から戻り、湯浴みなどし、着替えてサッパリとした。よい気分で婿殿と小六と三人で酒でも酌《く》もうかとしていたところに、秀吉の遺体が今日埋葬されたと富士之介から聞かされたのだ。

「どこに？　太閤様の墓ァどこに造ったのよ？」

「方広寺《ほうこうじ》裏の阿弥陀《あみだ》ヶ峰《みね》は御存知で？」

富士之介が訊いた。

「おお、知っとるわ。東山《ひがしやま》三十六峰の阿弥陀ヶ峰だら」

「御意ッ。その頂上に豊国廟《とよくにびょう》とやらが造営されましてな、そこに埋葬したらしいですわ。高野山《こうやさん》の木食応其《もくじきおうご》上人が導士として、太閤殿下の魂を鎮められたやに伺いました」

「ほお、木食応其……確か、秀次公を看取った坊さんだったなァ」

秀吉にも、秀次にも、三成にも近い高野山の阿闍梨《あじゃり》である。もともと六角《ろっかく》氏に仕えた武士で、建築に造詣が深く、方広寺大仏や豊国廟、豊国神社の建立に深く関わった。

「葬式、大っぴらにはやっていないから、密葬なのでしょうなァ。本葬はまた別にやる気なのでしょう」

小六が呟いた。皆の会話を弥左右衛門は黙って聞いている。子供の頃から、饒舌な性質《たち》ではない。

「俺らが戻ったその日に、殿様は伏見城へと引越し、今度は太閤殿下の葬式かいな。なんとも忙《せわ》しねェこったァ。ただ、御遺体を埋めるなら早い方がええよ。もうだいぶ暖かくなってきたからなァ」

慶長四年（一五九九）の閏三月中頃は新暦に直せば六月に当たり気温はだいぶ

上昇する。「もう限界だ」との声が内外から起こったようだ。

茂兵衛は夏場に、敵将の首級を塩漬けにして運んだことがある。色や臭いも然ることながら、塩を大量に塗《まぶ》すから、水気を塩が吸い取り、人の首は随分と縮んでしまうものだ。八ヶ月も塩の中に埋まっていた秀吉の遺体は、どんな有様になっていたのだろうか。いかな貴人も、稀代の英傑も、死ねば体は腐り溶けていく。その摂理に貴賤の区別はない。

埋葬から一ヶ月《ひとつき》と少し経った四月十六日、朝廷から秀吉に、正一位《しょういちい》豊国大明神号が下賜された。生前の秀吉は「新八幡」として八幡宮に祀られることを希望していたが、後陽成《ごようぜい》天皇はあえて「大明神」号を下賜した。

四月十八日には、豊国神社への遷宮の儀（御神体である秀吉の御霊を豊国神社内に移す儀式）が行われた。これが事実上の本葬となり、家康も参列した。ただ、秀頼も淀君も三成も、おそらくは泉下の秀吉が、最も悼んで欲しかった人々は、それぞれの事情から誰も参列していない。彼が造った天下を簒奪しようと目論む肥った男が、神妙な顔つきで秀吉の死を悼んだ。家康は泉下の秀吉に、なんと声をかけたのであろうか。

その後しばらくは、おおむね平穏無事な時が流れた。

敢えて言えば、薩摩《さつま》で島津家と伊集院家の揉め事が続いている（庄内《しょうない》の乱）。前述したように家康は島津側に肩入れしていたのだが、加藤清正が伊集院側を焚きつけ、支援していることが発覚し、家康が清正に激怒するといった一幕もなくはなかった。ただ、清正は家康に即刻謝罪したし、所詮は九州の外れでの騒乱であったから、京《きょう》や伏見界隈に大きな影響はなく、総じて無事な半年間に感じた次第である。このまま戦《いくさ》のない平和な時代が来るのかな、と誰もが思い始めた矢先のこと――

九月四日、江戸から武装した軍兵一万を率いて本多平八郎がやってきた。黒ずくめの具足に大きな鹿角の脇立、名槍「蜻蛉切《とんぼきり》」を手にし、金色の大数珠を右肩から掛けた姿は、まさに鬼をも食らう鍾馗《しょうき》を彷彿とさせた。

「御無沙汰を致しております」

茂兵衛は、平八郎の宿舎に、弥左右衛門を連れて伺候した。なんと平八郎は甲冑姿のままだ。部屋の中でも草鞋《わらじ》を脱がず、熊皮の敷物の上で床几《しょうぎ》に腰をかけている。今から出陣するような雰囲気だ。

「おう茂兵衛、生きとったかァ。おまん、随分と老けたのう」

「も、申しわけございません」

顔を合わす端から嫌なことを言われた。平八郎の機嫌はだいぶ悪いようだ。

「おまん、偉くなって後方から命令を出すだけだら。そうやって槍働きをさぼるから老け込むんだがね」

「左様でございましょうかなァ」

「ほうだがや。己が槍で敵を殺せば殺すほど、若返るのが武士《もののふ》ってもんだがや」

――そんな話を聞いたことはないが、平八郎はかまわず話し続けた。

「ま、今回は、いよいよ秀頼の首を引っこ抜くそうだから……」

「へ、平八郎様ッ！」

周囲を窺いながら慌てて制止した。木幡山伏見城は建前上、秀頼の城である。

「大きなお声で、滅多なことを申されまするな。誰が聞いておるやら分かりませんぞ」

「聞かれて困るようなことはゆうてねェわ。ガキだろうが、爺ィだろうが、敵の総大将の首を狙う話の何が不都合か？」

「今現在、豊臣家と徳川家は敵対しておりません。秀頼公は徳川の『敵』ではございません」

「たァけ。本質は敵同士だがね。いずれは殺《や》るか殺られるかだわ」

（駄目だな。完全に機嫌がお悪い。苛立っておられる……そもそも平八郎様にとっての豊臣家は、十五年前の天正《てんしょう》十二年以来、怨敵のまんまなんだわ）

十五年前の天正十二年――無論、小牧長久手戦《こまきながくてのいくさ》である。

ただ、ある意味、平八郎の言葉に嘘はない。徳川と豊臣は小牧長久手以来、常に潜在的な敵同士であり続けたのだ。今もそうだ。敏い家康は、豊臣の天下に露骨な挑戦こそしないが、それでも隙があれば、いつでも豊臣を叩こうとするだろう。そこは間違いない。

　茂兵衛は家康の側に仕えている。主に護衛と豊臣家武断派との連絡役が仕事だ。家康と政治的な議論をすることはあまりないが、それでも色々と耳には入ってくる。門前の小僧が習わぬ経を読むの喩え通りだ。また茂兵衛自身も、金吾から聞いた「文治派内で籠絡できそうなのは、浅野長政と増田長盛」との情報を家康に伝えたりもした。家康は鳥居元忠や松平家忠を使って、色々と工作しているのだ。そこに、平八郎ら事情を知らぬ周囲の家来たちが「豊臣は敵だ」「豊臣と合戦だ」と声高に叫ぶと、慎重に動いている家康の足を、家臣が引っ張ることにもなりかねない。

（でもこれ以上、俺が頑張ると平八郎様はブチ切れて、刃傷沙汰にもなりかねん。ここは、俺の方が少し折れるしかねェなァ）

平八郎の憤怒の表情を眺めながら、茂兵衛は引き下がることに決めた。

「ま、相手は兎も角、もし戦となれば、それがしも槍をとり、敵陣に乗り込んで兜首の一つや二つ、切り取って御覧にいれまする」

「おう、そうせェ」

と、平八郎が応じて、二人はしばらく黙った。

「ふん、どうして昔懐かしい朋輩に会ったと同時に喧嘩になんだよォ。やい茂兵衛、おまん、変わったなァ」

（あんたが耄碌《もうろく》して、より短気になっただけじゃねェのかよォ）

「それがしは、昔のままにございます。平八郎様の旗指足軽を務めておったときのまんま、そのままの茂兵衛にございまする」

「どうだかなァ？」

と、上から睨みつけてきた。

「おまん、殿様に取り入って、どのくらい加増して貰ったんだら？　正直にゆうてみりん」

「加増もなにもございません。平八郎様に周旋して頂いた三千石のまんまにございまする。不満もございません。十分に暮らしていけまする」

「嘘つけェ」

「嘘ではございません。な、婿殿、俺、三千石のまんまだよな？」

「は、はい……」

困惑しながら弥左右衛門が頷いた。

「おお、なんだ、そこにおるのは弥左右衛門じゃねェか」

平八郎は、加増に関する誤解を詫びることもなく、婿殿に話しかけた。

「息災かァ？」

「なんとかやっております」

「鬼瓦みてェな父親に似ぬ美しい女房殿は？」

「お陰をもちまして」

と、傍らで婿殿が平伏した。平八郎と弥左右衛門は面識がある。綾乃との祝言の折、平八郎は領地のある上総国《かずさのくに》大多喜《おおたき》から江戸の植田邸まで遠路遥々と駆けつけ、伏見から離れられない茂兵衛に代わり、祝言では父親の席に座ってくれたのだ。無理をして親代わりを務めてくれた。感謝しかない。やはり頭が上がらない。

「おまん、相変わらず出っ歯だなァ」

「も、申しわけございません」

「な……」

茂兵衛は可笑しかった。弥左右衛門の身体的な特徴を気にするのは、自分と乙部八兵衛だけかと思っていたが、なんと平八郎も同じように感じていたらしい。ただ、乙部は調子のいい嘘つきだし、平八郎は「秀頼の首を引っこ抜く」と人前で喚くような奇人である。そんな二人と見方が一緒というのも、少し複雑な気分である。

やがて家臣に促されて、平八郎は甲冑を脱いだ。それを見計らったように酒肴が出て、簡単な宴となった。本多家の家臣たち、平八郎が不機嫌な折の扱いには相当慣れているようだ。

「それがなァ、実はなにも聞いてねェのよ」

土器《かわらけ》を干した平八郎が、詰まらなそうに呟いた。

「本多の爺ィから『一万率いて伏見に行け』と言われ、来ただけなんだわ」

「本多の爺ィとは……佐渡守《さどのかみ》様でございますね？」

本多正信《まさのぶ》は家康の軍師である。今は江戸《えど》にいて秀忠を支えている。同じ本多姓だが平八郎との血縁は薄い。仲も悪い。

「たァけ、当たり前ェ《め》だわ。あんな根性悪が他にいてたまるかよ」

ちなみに、徳川家臣団に本多姓は多い。ゴマンといる。「本多の爺ィ」だけでは見当もつかない。

「おまんは、殿様からなんぞ聞いておらんのか？」

「や、別に」

「大坂城を攻めるには、一万ではちと少ないしな」

「御意ッ。大きな城でございますからなァ。あの城を攻めるなら、まず十万は必要かと」

「そんなに要るか？」

「御意ッ。惣構《そうがまえ》がなにしろ広い。小田原城《おだわらじょう》を彷彿とさせまする」

「ああ、あれはやり難かったなァ」

城下町全体を堀と塀で囲む惣構は、内部で普通に農耕をするから、兵糧攻めが効き難い。城が広大だと、よほどの大軍で囲まねばどうしても手薄なところができてしまう。そこを狙って城兵が押し出してくるから、攻城側はどんどん疲弊し、消耗していくのだ。小田原征討の折、秀吉が築いた石垣山《いしがきやま》の一夜城が語り草になっているが、それだけ攻城側に攻め手がなかったということでもあろう。

「なら、一万はどこを攻める兵だら？」

「さあ」

「おい弥左右衛門、おまんなら一万でどこを攻める？　ゆうてみりん」

「さ、左様でございますなァ」

急に無茶を命じられた婿殿は、慌てて土器を膳に置いた。

「あの……一万という数字はいかにも中途半端で、軍事的にどこそこを攻めるということではないのかな、と考えまする」

「ほおほお」

「さらに率いるのが本多平八郎様ということであれば、むしろ政治的な意味合いが強いのかな、と」

「おい茂兵衛、こいつなにをゆうとるんだら？」

平八郎が眉を顰《ひそ》めて茂兵衛を見た。

「つまり婿殿？」

「はい」

茂兵衛は、弥左右衛門に訊ねている体をとりつつ、平八郎に婿殿の考えを通訳することにした。

「一万人は政治的な恫喝、威嚇に使おうと殿様は考えておられる。そうおまんは睨んでおるのか？」

「御意ッ」

「ああ、ああ、なるほどねェ」

やっと平八郎もピンときたようである。

「政治的な恫喝ねェ……徳川に逆らうと『あの頭のおかしい平八郎に命じ、一万人で突っ込ませるぞ』と脅すわけだな？」

「御意ッ」

と、弥左右衛門が嬉しそうに頷いたそのとき――

「誰が頭がおかしい平八郎かァ！　こら出っ歯、おまんブチ殺すぞ！」

自家中毒を起こして平八郎が切れ、舅と婿は並んで平伏した。正論を吐いても時にはブチ殺される。蓋し、武家奉公とはこういうものだ。

二

翌九月五日、木幡山伏見城で政務を執る家康の元へ、五奉行である増田長盛からの書状が届く。曰く「秀頼公への重陽節の御挨拶」のために、「家康公に大坂城までお越しいただけないか」との内容だ。

重陽の節句は五節句の一つで九月九日に行われる。菊の節句とも呼ばれ、菊花を愛でながら菊酒や栗御飯を食べ、無病息災と長寿を祈る行事だ。

(ほお、増田長盛からの要請ってのが、なんともキナ臭いというか、面妖というか、面白いよなァ)

招聘状《しょうへい》の差出人の名を聞いた茂兵衛はニンマリとした。「増田長盛は、寝返る可能性あり」と金吾からの情報を家康に伝えたのは、閏三月、琵琶湖から戻ってすぐのことだ。あれから半年「ようやく増田の籠絡が成った」つまりそういうことではあるまいか。

この招聘状を増田に出させたのは、他ならぬ家康自身と茂兵衛は睨んでいる。

重陽節のわずか四日前に、急に書状が届いたのも、三成派に家康謀殺などの準備を整える隙を与えないためかも知れない。家康がそれらをすべて見越して、平八郎と兵一万を呼び寄せたとすれば辻褄も合う。家康の中では、すでに準備万端整っている大坂行き、茂兵衛にはそう思えてならなかった。

そもそも——

「秀頼が成人するまでは、前田利家や石田三成を楯として要害の地である大坂城に籠らせる。その間、政務は家康に伏見で執らせ、秀頼には近づけない」

これが亡き秀吉の大方針だったはずだ。

しかし、大黒柱である前田利家は逝去し、石田三成は失脚した。さらに、五奉行の一角である増田長盛を籠絡できたことで、家康は、堂々と敵地大坂城に乗り込み「徳川の威光を天下に示すべし」と考えている可能性が極めて高い。

（いよいよ殿様が、天下取りを大っぴらに始められたってことかァ）

しばらくは権謀術数が続き、茂兵衛の苦手な暗黒家康が幅を利かせそうだ。

ただ、大坂行きを聞かされた平八郎は大騒ぎである。

「まるで飛んで火に入る夏の虫ではねェか。殿様が大坂城に入れば、間違いなく殺されるがね」

木幡山伏見城内に与えられた居室で、疑心暗鬼になって吼えている。

「重陽節はわずか四日後だら。急に呼び出したところが怪しいわ」

茂兵衛としては平八郎に増田の件など説明し、案外と心配ない旨を伝え、安心させたいところだが、家康の許諾なく話していいものか大いに迷う。今のところ家康は平八郎を含めた家臣団に、真相を明かしてはいないのだから、茂兵衛が勝手をするわけにはいかない。

「ま、一万からの軍勢を率いての大坂入りですからな。大坂方も無茶は出来ますまい。そうそう御心配なさることもないのでは」

「たァけ。茂兵衛は甘い。万が一に備えるのが武人よ。心配し過ぎることなどあるものか」

「そら、そうですが……これはそれがしの想像ですが、殿様はあの通り慎重なお方ですから、誰ぞ大坂方に内応者でも抱えておられるのではねェですかねェ。だから安心して大坂城にも乗り込める、と」

この辺りまでなら、ギリギリで大丈夫だろう。

「そ、そうなのか？」

平八郎が顔を近づけて、茂兵衛の目を覗き込んだ。

「それ、誰がゆうてた？」

「誰って……俺の勝手な想像ですがね」

「殿様がゆうたのか？」

「いえいえ。殿様はそれがしに、そんな大事なことは話してくれませんわ」

「ふん、信用がねェんだなァ」

鼻先で笑われた。

「はい、信用なんぞねェですわ」

「おまん、殿の側近ではねェのか？」

「単なる護衛ですわ。あとは、苛つかれたときにそれがしを弄《いじ》って気晴らしされるとか」

「へへへ、おまんはその程度の男よ」

「ま、そうですな」

茂兵衛が家康に信用がないと聞いて、何故だか平八郎は機嫌がよくなった。

「ほうか、信用がねェのか……仕方ねェのう。駄目だのう、ハハハ」

（なるほどねェ。そうゆうことかいな）

最近の平八郎が、茂兵衛に辛く当たる理由が分かったような気がした。

戦が少なくなって、平八郎は出番がない。伏見はもちろん、江戸でも若手の秀才官僚たちが台頭し、戦専一の武辺は用なしだ。領地の大多喜でくすぶっているのが現状なのであろう。一方の茂兵衛は、どこがいいのか家康に気に入られ、伏見城に詰めて側近然としている。古くからの朋輩が元気なのは嬉しくもあるが、やはり寂しいし、悔しいのだろう。実は平八郎、茂兵衛より一歳年下だ。今年五十二歳。好々爺《こうこうや》となって人生を達観するには、まだ少し若過ぎるのだ。

「なんだ、加増もなく、殿の気晴らしの相手を務めとるのか……おまんも苦労するのう。人生、色々と大変だがね」

平八郎は茂兵衛から視線を逸らし、大きく開かれた居室の障子越しに、手入れの行き届いた庭を眺めて嘆息を漏らした。

「お役目ですから、なんとか務めておりますわ」

このまま豊臣の世が続くのか、徳川家が天下を奪うのか、天下分け目の大戦があるのか、北条氏の狡猾なやり方を真似るのか、どういうかたちに落ち着くか見当もつかないが、百年以上も続いた戦国乱世は早晩終わる。日本全国津々浦々に、平八郎や福島正則のような、行き場をなくした武辺者が溢れることになるのだろう。

「ね、平八郎様……」

「なんら」

「明後日、大坂城に向け出陣であります」

「ほうかい」

平八郎が生返事をかえした。焦点の定まらぬ目で庭の風景を眺めている。

「それがしと二人、隊列の先頭を進みませんか？」

「え？」

平八郎が視線を戻し、茂兵衛を見た。

「悍馬に跨り、甲冑を着て、槍を掲げ、周囲を睥睨《へいげい》しながら先頭を進むんです」

「轡を並べて先頭を行くのか？」

目がキラリと光った。

「御意ッ」

「へへ、昔のようにか？」

「御意ッ」

「おお、なんだか……やる気が沸々と出てきたぞォ」

平八郎が、両腕をグルングルンと二度回した。

三

九月七日、家康の隊列は、秀吉が文禄《ぶんろく》五年（一五九六）に造成した京街道《きょうかいどう》を、淀川《よどがわ》に沿って下り、大坂城へと向かった。

本多平八郎が、名槍蜻蛉切を手に怖い顔で先導し、茂兵衛もその隣で槍を抱えて野分を進めた。二人の後方を、三つ葉葵紋の幟旗が数十流も続き、さらに鉄砲百人組が、久し振りに物々しい甲冑姿で続いた。騎馬で進む家康の後からは、一万からの精鋭がやはり戦装束で行軍する。威風堂々といえば聞こえはいいが、極めて威圧的かつ喧嘩腰な大行列である。このまま大坂城に入るのだろうか、豊臣家を恫喝し、挑発しているとしか思えない。

今日までの家康の態度は極めて謙抑的であった。御掟破りの縁組をやらかしたのは事実だが、それ以外は、おおむね豊臣家と秀頼に敬意を払ってきた。律義な好人物との世評を裏切ることは慎んでいたのだ。それがここにきて、随分と様変わりした。茂兵衛に言わせれば「本性をあらわした」に過ぎないのだが、他家には「あの律義な内府《ないふ》様が」と驚きを持って受け取られたようだ。

（殿様は心底からの善人ではねェ。やるときは、とことんやるだろうさ。これから、天下も豊臣家も色々と大変だがや）

「なあ、茂兵衛よ」

平八郎、今朝はすこぶる機嫌がいい。

「ははッ」

「ハハハ、木原畷《きはらなわて》を思い出さんか？」

「おお、信玄の首を取り損ねたアレですな」

「ガハハ、ほうだがや」

元亀《げんき》三年（一五七二）十月、浜松城《はままつじょう》の東方にある木原畷で、平八郎の手勢は、久野城《くのじょう》を攻める武田信玄の本陣に、背後から突っ込んだのだ。当時の茂兵衛はまだ足軽小頭で、槍足軽十人を率いる徒士《かち》武者だった。桶狭間《おけはざま》の再現までもう少しのところまで行ったのだが、幸運もここまで。馬場美濃守《ばばみののかみ》の反撃を食らい平八郎隊は四散した。

「あの時、馬場美濃の騎馬隊が突っ込んでくるのに、殿軍《しんがり》のおまんは踏み留まり、たったの二十人で槍衾《やりぶすま》を敷いた。ワシは『こいつは漢《おとこ》だ』と思ったなァ」

「いやいや、照れますがね」

茂兵衛ばかりではない。徳川勢ばかりでもない。この三、四十年間、誰もが必死に、命を懸けて戦っていたのだ。

「それがよォ。ワシらが頑張って頑張って、戦がなくなると……もう、吠える犬は要らねェんだとよ。銭はやるから田舎で大人しくしてろだとよォ……糞がァ」

見れば、平八郎は泣いている。豪傑のことだから声こそ出さないが、大きな両目からあふれる涙が滝のようだ。彼は決して、自分の境遇を憐れんで泣いているのではないと思う。戦場《いくさば》に倒れた幾百、幾千の同僚、配下たちのために泣いているのだ。否々、自分が倒した敵の勇者たちのためにも泣いているのかも知れない。茂兵衛もこれには参った。不本意ながらもらい泣きしてしまった。人の世の常とはいえ、どうしようもないこととはいえ、大きな不条理を感じざるをえない。

神の如き甲冑姿の大柄な武者が二人、馬上でメソメソ泣きながら隊列の先頭に立っている。野良の百姓が作業の手を止め、呆れたように泣き虫武者を眺めている。こんなことで豊臣を恫喝し、威嚇などできるのだろうか。

「平八郎様、明日から大坂城で、もうひと暴れ致しましょうや」

平八郎の背中をポンポンと二度叩いた。具足がガチャガチャと二度鳴った。

「ほうだら。茂兵衛、かたじけねェ……お陰で随分と気が晴れたわ」

平八郎が、涙を無骨な籠手《こて》で拭い、苦く笑った。

「それは、ようございました」

茂兵衛も涙を拭う。

「ワシはもう大丈夫だから、おまんは配置へ戻れ。ワシのお守りをするために、三千石食《は》んでるわけではあるめェよ」

「ハハハ、左様ですな。では戻ります」

「おう、行け」

「御免ッ」

野分の馬首を巡らし、鉄砲百人組の隊列に戻った。


翌日、家康の隊列は大坂城外に達した。

「婿殿は、大坂城は初めてか？」

野分の鞍上で、茂兵衛が弥左右衛門に振り向いた。白羅紗《しろらしゃ》の陣羽織の中で、紺糸威の当世具足がガチャリと鳴った。

「はいッ。浜松より西に進んだのは、今回が初めてにございます」

戦による遠征がない時代である。武家はそうそう遠出しない。

「それにしても、物凄い天守にございまするなァ」

弥左右衛門が大坂城の天守を見上げながら、溜息混じりに呟いた。

五層七階地下二階の巨大な天守が、高さ四間（約七・二メートル）、東西十二間（約二十二メートル）、南北十一間もある天守台の上に鎮座している。天守の外装は漆黒で——光沢を感じるから、おそらくは黒漆塗でもあろうか——金箔押で鶴や虎などが描かれていた。入母屋造《いりもやづくり》の大屋根の上に望楼が載る望楼型天守である。

この天守は本丸の北東に屹立《きつりつ》しており、北や東方面からの来訪者はその威容に圧倒された。天守の主要な役目の一つは、押し寄せた敵に城主の権威と財力を見せつけることだ。たぶん、秀吉の頭の中では「敵は北か東からやってくるもの」と決まっていたのだろう。無論、その一番手は徳川家であろうが。

「この川が外堀ですか？」

弥左右衛門が、右手の川を指して質《ただ》した。

「うんにゃ、外堀のさらに外側を守る惣堀よ」

現在隊列は大坂城の東側、平野川《ひらのがわ》と猫間川《ねこまがわ》の間の道を、城を右手に見ながら南下していた。猫間川は惣構の東を守る水堀であるから、隊列は惣構のすぐ外側を進んでいたことになる。

「内堀と外堀、惣堀、三重の堀で守られているわけですなァ」

「ほうだがや。平城だが、なかなか堅いがね。小田原城と縄張りの思想は同じなんだわ」

大坂城の本丸は、天正十二年（一五八四）に完成している。同十六年には二の丸が完成した。秀吉が惣構の築造に着手したのは、小田原征伐後の文禄《ぶんろく》三年（一五九四）からだ。小田原城惣構の攻略に、いかに秀吉が手こずったかの証左とも言えよう。ちなみに、家康も江戸城を小田原攻めの後に築き始めたが、秀吉と同様に巨大な惣構で居城を囲んだ。やはり攻め手は誰も、惣構は無敵と感じたのだろう。

「植田様！」

「伍」と染め抜かれた幟旗の使番《つかいばん》が馬で駆けてきて、茂兵衛に家康の命を伝えた。曰く「今すぐ裃《かみしも》に着替えろ」だそうな。

「え、裃に？　今すぐ？」

慌てて馬から飛び下り、富士之介を呼び、不体裁ではあるが、その場で着替え始めた。甲冑と鎧直垂《ひたたれ》を脱ぐのを富士之介と婿殿が手伝ってくれた。追い越していく鉄砲足軽たちが、お頭の「生着替え」を眺めてニヤニヤしている。

「こらァ、なに見てんだァ。ちゃんと前向いて歩け、たァけがァ」

と、左馬之助が馬を寄せ、足軽たちを怒鳴りつけた。


本隊と別れ、平八郎、茂兵衛ら裃姿の随員を二十数名率いた家康は、城の南東部に開いた玉造口《たまつくりぐち》を潜って本丸へと入った。幅十三間（約二十三メートル）ほどの内堀に架かった木橋を渡り、千畳敷と呼ばれる巨大な施設に招き入れられた。

なにしろ、だだっ広《ぴろ》い。秀吉が明国《みんこく》の使節を相見するために、急遽造らせた巨大御殿であるそうな。柱には彫刻が刻まれ、金箔が押してある。見上げる天井には金蒔絵――どこもかしこも、金きら金だ。

「この御殿、三間（約五・四メートル）ばかり、堀にせり出してますぜ」

「おお、端っこは完全に浮いとるなァ。大丈夫か？　おっかねェなァ」

家康と平八郎がボソボソと囁き合っている。茂兵衛も橋を渡るときに床下を見たが、以前、京で行った清水《きよみず》の舞台を彷彿とさせられた。

堀を隔てた対岸には長さ六丈（約十八メートル）、幅二丈五尺（約七・五メートル）の本物の能舞台が設えてある。千畳敷で酒を酌みながら、演舞を楽しむ趣向なのだろう。

「従者十人の随行が許されておるそうな。茂兵衛、おまんが率いろや」

「ははッ」

「殿、拙者は？」

平八郎が慌てて質した。

「おまんは、本隊を率いて三の丸に布陣せよ」

「や、拙者が行かないでどうします。御一緒します。御一緒させて下さい」

だいぶ機嫌はよくなったものの、平八郎は未だに「豊臣は、殿中で我が殿を謀殺するに相違ない」と固く信じている。十人の随員に自分が選ばれなかったことがよほど無念なのだろう。

「たァけ。七歳の若君に拝謁するのだぞ。平八のおっかねェ面《つら》を見せたら、秀頼公がお泣きになるがね」

「それじゃあ、茂兵衛はえぇのですか？　こいつも相当な鬼瓦ですぜェ」

（いちいち俺を引き合いに出さんで欲しい。あんたの面はあんたの面で、俺の面は俺の面だろうがよ）

顔ではニコニコと円満に笑いながら、腹の中では吼えていた。

「茂兵衛は大人しいからええんだよォ。こいつは面ァ怖《こえ》ェが行儀がええんだわ。おまんなんぞ、淀君にどんな無礼を言い放つか、分かったものではねェ。危なっかしくて連れていけるか」

そもそも殿中に槍や鉄砲は持ち込めない。なんぼ平八郎が強くても、脇差一本で家康を守り抜くことは敵《かな》うまい。むしろ、完全武装の徳川勢一万が、本多平八郎に率いられて大坂城惣構の内側である三の丸に控えていると脅した方が、よほどの抑止力になると、家康は平八郎に説いた。

「まあね。確かに脅しにはなりましょうな」

「だから、おまんは、大人しく三の丸におれ」

「はァ、しかしですなァ」

「おい平八、しつこいぞ……なんだよ？」

焦《じ》れた家康が苛々と、千畳敷の高い天井を仰ぎ見た。

「ですから……」

と、平八郎が顰め面で主人を見上げた。

「後先も考えず、算盤も弾けん阿呆が、ただただ徳川憎しで斬りかかってきたらどうなさいます？　もともと頭がおかしいんだから、一万人の脅しなど、屁のツッパリにもなりませんぞ」

「算盤も弾けん阿呆って……それはおまん、自分のことをゆうとるのか？」

「拙者はそこまで阿呆ではござらん！」

平八郎がむくれた。

「だからさ、そのために護衛として茂兵衛たちを連れていくんだわ」

「たった十人でしょうがァ」

「おまんがおっても、十人が十一人になるだけだがや。相手が百人で襲ってきたら、どうせ敵わんがね」

「ね、殿……もう帰りませんか？　敵の本陣にお一人で乗り込まれるなんて無茶だァ。上杉謙信《けんしん》ではねェんだから」

「今回はワシも色々と手を尽くしてきたんだ。今さら退けるか。死ぬ気でやればなんとでもなる、な、茂兵衛、そうだな？」

「ぎょ、御意ッ」

（ま、いざとなったら死ぬのを覚悟でやるしかあるめェが、こんなところで死にたかねェなァ。せめて孫の顔を見てから……そうも言ってられねェか）

「茂兵衛、殿を頼んだぞ」

平八郎が、真剣な顔で茂兵衛の肩を叩いた。

「ワシ、どうも嫌な予感がするんだわ。油断すんなよ」

「ハハッ」

引き攣った笑いをしながら「戦場で、平八郎様の勘は百発百中で当たったたからなァ」と嘆息を漏らした。

四

秀吉が建てた大坂城の本丸は、南北に細長かった。北半分には、天守閣と豊臣一族が暮らす私的な奥御殿が広がっていた。対して南半分には、役人たちが事務を執り、諸侯や外国使節が伺候する表御殿がある。

平八郎が退出後、茂兵衛も家康の背後で、九人の随員と共にしばし待った。なにしろ千畳敷は異様に広い。慶長四年（一五九九）九月八日は新暦に直すと十月の二十六日だ。風が吹き抜けると、かなり肌寒い。

「な、茂兵衛よ」

家康が振り返ることなく、小声で話しかけてきた。

「中納言《ちゅうなごん》の唐名はなんだら？」

相手が官職を持つ場合、茂兵衛も唐名について悩むことが多いが、主人も同じとは、なんだかすごく嬉しい。

「はァ、確か黄門《こうもん》かと」

「でもなァ、七歳の童《わらわ》に、黄門様も変だよなァ。ワシは内大臣だ。天皇家の家来としては秀頼公より位は上だら。一方で、徳川は豊臣の家来でもある。や、なかなか難しい。厄介だら。どうするよ？」

秀頼は昨年の四月に、朝廷から従二位《じゅにい》権中納言の官位を与えられている。

「なかなか」

と、主人に返答しながらも、四方を警戒していた。これだけ広いと、襖《ふすま》の陰に刺客が隠れている心配こそ無用だが、それでも人の気配はないか。秘かな足音が近づいてこないかと気を配っている。なにせ前田邸で家康は刺し殺される寸前まででいったのだ、茂兵衛がついていながらだ。もう二度と下手は踏まない。踏んではならない。

「ならば、普通に秀頼公で通すか」

「ほおほお」

渡り廊下の先で、微かな気配がする。小刻みなすり足が二人分だ。茂兵衛は脇差を引き付け、身構えた。

「やはり、黄門様の方がえぇのかなァ?」

「はあ……」

「こら茂兵衛、ちゃんと答えんか。さっきから生返事ばかり返しおって……態度がおざなりに過ぎはしねェか?」

「や、あの……」

人影が見えた。思わず脇差の鯉口《こいくち》を切った。

カチッ、カチッ、カチッ。

鯉口を切る音が、そこここから一斉に湧き起こった。茂兵衛以外の随員たちも、同じ気持ちで警戒していたようだ。幾人かはすでに柄《つか》に手を掛けている。

「失礼いたしまする」

穏かな声がして、廊下に二人の武士が畏まり、平伏した。一人は五十を幾つか越えている。もう一人は三十代後半か。

「おう、これは右衛門少尉《うえもんのしょうじょう》殿」

家康が笑顔で応じた。官職が右衛門少尉なら、おそらくは年嵩の方が増田長盛だろう。増田は、への字眉毛がやけに長い。神経質そうな小男だ。裃の家紋は「枡《ます》」である。

茂兵衛は安堵の吐息を吐きながら脇差の鍔《つば》を元に戻し、周囲の護衛たちに向かい小さく手を上げ「大丈夫だ」と指示した。

「これから、秀頼公の御前に御案内申し上げまする」

「御雑作をおかけ致す」

増田が言上し、家康が応えた。

増田らの後に続いて家康が歩き、茂兵衛ら十名もゾロゾロと続いた。

茂兵衛は少し不満だった。籠絡し、徳川方についたという増田長盛の笑顔がいけない。金吾は増田のことを「義を重んじない」「君子に非ず」と形容していたが、その言わんとするところが、なんとなく伝わったのだ。

(増田長盛か……この御仁はろくなもんじゃねェわ。戦場で卑怯やズルをする奴ァ、大体あの手の面ァしとるがね)

卑怯で狡《ずる》い奴だからこそ、簡単に主家を裏切り、こちら側についたのだろうが、信用のならない味方なんぞ、居ない方がましだ。

表御殿と奥御殿の間は、真っ直ぐに伸びた一本の長い廊下で結ばれていた。表御殿から奥御殿のある詰の丸までは、高低差が一丈（約三メートル）ほどあって、廊下は緩い上り坂である。千畳敷と奥御殿を結ぶ廊下ということで「千畳敷廊下」なぞと呼ばれているらしい。こちらも、金銀がふんだんに使われた豪奢《ごうしゃ》な装飾が設えてある。秀吉好《ひでよしごのみ》の廊下が一町（約百九メートル）以上も続いた。

ようやく奥御殿に着くと、御対面所《ごたいめんしょ》と呼ばれるこれまた巨大な御殿に通された。ここから先の随員は一人に限られるという。

「茂兵衛、おまん、来い」

「ははッ」

と、主人に従って御対面所の奥へと進んだ。

権中納言豊臣秀頼は、上座に母と並んで座っていた。

今年七歳だ。禿髪《かむろがみ》に錦の羽織袴を着けている。母親の膝を脇息代わりにしてもたれかかり、驚いたような目で家康を黙って見つめていた。その目は円《つぶ》らで涼やか、紛うことなき美童である。

母の淀君は、今年三十二歳。生母である於市《おいち》御寮人譲りの美貌を誇る秀吉の愛妾だ。父は、北近江小谷城《きたおうみおだにじょう》主浅井長政。淀君は随分と家康を警戒している様子で、表情が硬い。

ちなみに茂兵衛は、淀君の妹の於江《おごう》とは縁がある。秀次粛清事件の折、聚楽第《じゅらくだい》から伏見城下の徳川屋敷まで、暗い京の町を共に逃げた仲だ。そのまま徳川秀忠に嫁《か》し、現在までに千姫《せんひめ》と珠姫《たまひめ》、二人の姫君を儲けている。

「秀頼公、淀君様、御機嫌麗《うるわ》しゅう。内府、只今参上仕《つかまつ》りました」

と、家康が平伏するのに倣い、はるか後方の随員の控えで、茂兵衛も畳の上に這いつくばった。

「これはこれは……な、内府殿……この度は……大儀にございまする」

童が大きく声を張った。母親か乳母に言われたままを叫んでいるのだろうから秀頼に罪はないが、「内府殿」「大儀」と「ございまする」——日本語的にどちらが目上だか目下だか、よく分からない。秀頼の発言の端々に、現在の豊臣家と徳川家の微妙な力関係が反映されていた。

対面所の空気はピンと張りつめていたが、この緊張感を解《ほぐ》したのは、家康の話術であった。

「爺ィは今朝、故太閤殿下が御普請あそばされた淀川沿いの京街道を……」

ここで家康は神妙な面持ちで、わずかに頭を下げてみせた。故秀吉の業績に対する敬意の表出だ。

「家来どもを連れ進んでおりましたるところ、妙なものを見ましてござる」

「妙なもの？」

淀君が質した。小首を傾げたその仕草は、童女のように可憐だ。秀吉が惹かれたゆえんかも知れない。

「御意ッ。水鳥と狐の大喧嘩にござる」

「ほお、水鳥と狐の大喧嘩？」

淀君母子が身を乗り出した。

「それがですな……」

以後、身振り手振りを交えて面白おかしく話して聞かせたのだ。淀君母子は元より、控えた女官たちまでが興味津々、家康の話に聞き入り、驚き笑って、場は一気に和んだのである。

実は、この水鳥と狐の争い、茂兵衛も鞍上から見ていた。家康は話を端折ったが、結末は相当悲惨なもので、雛を守ろうと奮闘した水鳥は、最終的には狐に嚙み殺されてしまったのだ。雛（秀頼）を守ろうと奮闘した母鳥（淀君）が、狐

（家康は狸だろうが）に嚙み殺される――家康が、なにかの寓意を忍ばせていたのか否か、茂兵衛には分からない。

秀頼と家康との対面はつつがなく済んだ。対面所にいた豊臣側の誰もが笑顔で、この陽気で話し好きの内大臣を送り出してくれた。

（うちの殿様は、こうゆうところがお上手だよなァ。この楽しい雰囲気の中、豊臣側が家康公を謀殺するのは、これ、なかなか難しいがね）

戦場で二百人を殺してきた茂兵衛だからこそ、分かるところでもある。好感と殺人は、なかなか同居できないものなのだ。元より、護衛役の茂兵衛は毛の先ほども油断しないが、それでも家康の座持ちの上手さや明朗さが、己が身を守ることに繫がっているのは確かだと思った。

大坂城下には徳川家の屋敷はない。

秀吉が健在のころには備前島《びぜんじま》にあったのだが、彼の死後、豊臣家の大方針が「家康を大坂城に近づけるな」に変化し、徳川屋敷も廃止された。有り体に言えば、嫌われたのである。

家康は、増田長盛の周旋で、石田三成の留守屋敷に逗留することになった。石田邸は内堀にかかる極楽橋《ごくらくばし》を北へと渡り、京橋口《きようばしぐち》から出てすぐの外堀に面した三の丸にあった。本丸から見て北西の位置である。

「治部少輔の留守屋敷だと？　駄目だ、駄目だ。そんなもの悪辣なる罠に決まっとるがね」

と、平八郎が無闇矢鱈と警戒するものだから、茂兵衛は、隠し扉がないか、武者隠しに人が潜んでいないか、屋敷外とを結ぶ秘密の通路がないか、床下から天井裏まで、より念入りに検《あらた》めねばならなかった。困ったことには、石田邸は大名屋敷であるから、実際に怪しげな施設がなくもないのだ。それらはすべて、物置と化していたり、蜘蛛の巣がかかって幾年も使っていないような有様だったが、平八郎は「それ見たことか」と騒ぎ出し「おまんは甘い！」と幾度も茂兵衛を怒鳴りつけた。


九月九日には重陽節の儀も滞りなく済んだ。これで正式な行事は終わりだ。

十一日からは増田長盛が案内役を買って出て、家康一行に広大な大坂城内を案内してくれるという。派手好き、黄金好きな秀吉のこと、本丸御殿を中心に、見所満載であるそうな。ここ数日天気は悪いが、御殿内の見物なら雨にも濡れまい。なかなか楽しみである。豊臣側は友好的で、家康を謀殺する気配など微塵も感じられない。平八郎の「嫌な予感」は、珍しく大外れだったようだ。

しかし、平八郎は「おまんらは騙されとるのよ」と譲らず、今も甲冑を着込み、三の丸の石田邸内で待機中である。

五

正に観光であった。家康を先頭に、茂兵衛以下二十人ほどの徳川の護衛役が、先導する増田にゾロゾロとついてまわった。外は昨日から降り続く雨。鉄砲隊を指揮する者は概して雨を嫌うが、降るべき時にはたんと降ってもらわないと米も野菜も育たない。

本丸御殿の見物は、大いに盛り上がった。特に奥御殿は、秀吉の私的な生活空間だ。誰もが天下人の暮らしぶりに興味津々である。

「こちらが小書院にござる」

増田が紹介した。

「故太閤殿下と淀君様は、ここで親しくお暮らしになられました」

「言わば、夫婦の居室か？」

　家康が訊いた。

「御意ッ」

　襖を隔てた隣室は、床全体に猩々緋《しょうじょうひ》の敷物が敷き詰められており、その上に、八尺（約二・四メートル）四方の、背の低い大きな木製の箱が置かれている。

「この箱は、なにか？」

「これは寝台《ベッド》とか申す南蛮渡来の寝具にござる。この上に体を横たえて眠るのでござる」

「ほお、柔らかいな」

　家康が寝台の上に置かれた巨大な座布団を手で押しながら呟いた。ちなみに、この座布団もまた猩々緋だ。

「茂兵衛、寝てみろや」

「や、それがしは……ちょっと……」

　元来、思考が保守的な茂兵衛である。新しい挑戦などはおしなべて苦手だ。

「たァけ。寝具だとゆうとろうが。命を盗《と》られる心配はねェから寝てみろ。主命である！」

「ぎょ、御意ッ」

主命とあれば致し方もない。恐る恐る猩々緋によじ登った。柔らか過ぎて、手足が座布団の中に沈み込む。極めて動きにくい。

（もし、就寝中に敵に襲われたら、逃げるにも戦うにも不便だがや。これ、武士が使うべき寝具とはいえねェわなァ）

「どうじゃ？」

「な、なかなか柔らかく、快適にございまする」

案内してくれた増田の手前もある。否定的な発言は慎むべきと分別した。

「寝てみたいか？」

「あの……え～と、はい」

「じゃ、寝てみろや」

「え？」

「主命じゃ！」

「御意ッ」

仰臥《ぎょうが》してみたが、体が沈んで具合が悪い。

「どうじゃ？」

「け、結構な寝心地で……」

「この上で、太閤殿下は淀君様と『いたされた』のであろうかのう？」

随員の中の誰かが小声でボソリと呟いた。

「ゲヘヘヘ」

「ヒヒヒヒ」

「たァけ。下品な想像をすんな！　田舎者と思われたら恥ずかしいがね」

家康が田舎者の家来たちを一喝し、慌てて増田が視線を逸らした。

次に訪れた百畳はあろうかという納戸では、女房衆の色とりどりの小袖が、数百枚も並べて干してあった。まるで装飾的な絵画を見ているようで、実に美しい。無骨な茂兵衛も溜息が出た。ふと傍らを見ると、長持の上に三十貫（約百十三キロ）ほどの金塊が無造作に積まれている。もしここに、秀吉が居れば「なに、はした金よ」と笑うのではあるまいか。本丸の北側には無数の蔵が立ち並んでいるし、天守閣も平時には宝蔵として使われているそうな。豊臣家が保有する金銀財宝は無尽蔵と聞くが、まさに、その一端を垣間見る思いであった。

一行が最後に訪れたのは、月見櫓である。天守のすぐ西に、芦田曲輪《あしだ》と西の内堀を見下ろすように屹立する三重の櫓だ。最上階から眺める天守閣の姿が「一見の価値あり」というので、三階まで上ることになった。櫓を上る階段は急勾配で、人一人がやっと上れる幅しかない。櫓はあくまでも軍事施設であり、上り難く造られているのは、敵に踏み込まれたときの用心だ。茂兵衛は、随員二人を先に上らせ、上の階の安全を確かめさせた後に、まず自分が上り、次に家康を上らせた。増田は「豊臣に、内府様を襲う輩などおりませぬ」と鼻白んでいる風だったが、警護役の茂兵衛としてはそうもいかない。増田が鼻白もうが、淀君が屁をこうが、家康の安全には万全を尽くす。

一同は二階まで上った。若い随員を二人最上階に上らせた。

「どうだら？」

階段の下から確認すると、上から「異状はござらん」との返事が下りてきた。

「では、御免」

と、家康に会釈してから、茂兵衛自身が階段を上る。

トントントン。

最上階の窓は、増田の配下が前もってすべて開け放ってくれており、かなり明るかった。広さは六間（約十・八メートル）に七間ほどのなにもないガランとした空間だ。通常の城の天守最上階よりもさらに広い。

見回したが、若い随員二人が立っているだけで、異常は認められない。

「どうぞ、お上がりになって下され」

と、階下の家康に呼びかけた。

ミシ、ミシ、ミシ。

肥満体の家康が、踏板を軋ませながら階段を上ってきた。

「お、なるほど、これは絶景じゃなァ」

開け放たれた東側の窓一杯に、巨大な天守が聳《そび》えている。一町（約百九メートル）以上は離れていないように、まるですぐそこに見える。階段を上りきった家康が歓声をあげ、東の窓に向け歩き出した刹那——

ガタン。

バタン。

壁板の二ヶ所と床板の二ヶ所が開き、襷掛けで抜き身の大刀《だいとう》を手にした武士が四人、声もあげずに飛び出してきた。武者隠しだ。

「抜刀ッ！」

と、命ずると同時に、茂兵衛は脇差を抜き放ったが、ひと足遅く、二人いる随員の一人が袈裟掛けに斬られて絶命した。

「推参《すいさん》なりッ」

と、家康が脇差を抜いて叫んだ。頼もしい味方である。

これで数は四対三だ。まだまだやれるが、相手は大刀でこちらは脇差、味方三人のうち一人は家康である。何かあってはいけない。階下の随員たちを最上階に呼び上げねばならない。

「おいッ、敵襲だァ。上がってこい！」

と、叫んだのだが、襲撃者の一人で大柄な武士が、用意していたのであろう大きな板を階段の出口に被せ、数本の丸太を噛ませて封鎖してしまった。これでは援軍が上って来られない。

「おいさッ」

と、鉢巻を巻いた武士が横に薙《な》いできた。

ブン。

いなそうと振り上げた脇差が空を切った。刀身が短い。勘所が狂う。

ズサッ。

鉢巻武士が水平に振った刀の切っ先が、茂兵衛の右の頬骨から入り、左の頬骨へと抜けた感じがした。目の中に火花が散った。

(おいおいおい、顔が半分こになっちまうのか?)

幸運にも顔は半分にはならなかった。顔を横真一文字に切り裂かれただけだ。もの凄い量の血が流れ出しているが、まだまだ元気、気が張っているので痛みも感じない。余裕で戦える。

「おい野崎《のざき》ッ」

若い随員に声をかけた。

「階下の味方を上げろ。あの丸太と板をどかせ」

「承知ッ」

ドン、ドンドン。ドンドン。

階下からは、板を破ろうと盛んに突き上げるが、板と丸太が丈夫で破れない。野崎が突っ込み、丸太を挿し込んだ大柄な武士と斬り合っている。野崎、頑張れ。その間、三人を相手に茂兵衛一人で家康を守り切らねばならない。

(俺の得物は短いんだ。斬り合って狙うなら前腕、頭や胴体を狙うなら抱きつく覚悟が要るな)

「ほらさッ」

鉢巻武士が、今度は上から斬り下げてきたところを大きく右に跳び、こちらも上から前腕に斬りつけた。

ブッッ。

「ギャッ」

骨を断つ不気味な音が響き、右手首を皮一枚残して両断した。低い音を立て、手首から鮮血が噴き出す。もう息の根を止めるまでもあるまい。完全に無力化したのだ。この鉢巻武士、すぐに息絶える。

見れば、家康は二人を相手に斬り合っている。もともと家康は武辺者であるが、今はもう老けたし、肥満体だ。長時間の斬り合いには耐えられまい。茂兵衛は背後から駆け寄り、小柄な敵を蹴り倒し、色黒の武士に抱きついた。

（ここは死ぬ気になるところだら。平八郎様の嫌な予感……当たったがね。やっぱ、あの人は凄《すげ》ェわ）

相手は大刀、こちらは脇差だ。接近戦となれば得物は短い方が、取り回しが楽な分だけ有利だ。得物の短さを利して、色黒の武士の脇腹に切っ先を容赦なく突き立ててやった。

「うわッ」

もともと茂兵衛は槍武者だ。槍武者なら「刺したら捻る」「傷口を大きく広げる」のが習い性になっている。敵の脇腹に突きさした脇差を、グイッと捻ったのがまずかった。根元からボキリと折れてしまったのだ。

目の端に、小柄な武士と斬り結ぶ家康の姿が映った。

折れた脇差を諦め、素手で小柄な武士に飛びかかり、家康から引き剝がした。

茂兵衛にはもう得物がない。この小柄な武士は絞め殺すなり、殴り殺すなりするしかなかろう。茂兵衛は両足を小柄な武士の胴体に巻きつけ、そのままもぞもぞと体をずらして相手の背後に回り込み、左手で首、右手で頭を摑み、それぞれ逆の方向に強く捻った。

グギッ。

首の骨が外れた音だ。小柄な武士の四肢《しし》から急に力が失せ、動きが止まった。

「死ねェ」

色黒武士だ。死ぬ間際の最後の力をふり絞り、脇腹には茂兵衛が突き刺した脇差の刀身をぶら下げたまま、フラフラと刀を上段から斬り下げてきた。

（たァけが、俺に斬りかかってどうする。おまんの狙いは、徳川内府様ではねェのかァ？）

色黒武士は脇腹を深々と突かれ、死にかかっている。冷静な判断などできず、目前の憎き敵《にっくきてき》に斬りかかっただけのことだろう。

反射的に左手が出た。色黒武士が力なく振り下ろした刀は、茂兵衛の左手人差指と中指の間に入り、掌に二寸（約六センチ）も食い込み、指の骨に当たって止まった。そのまま色黒武士は倒れ、白目を剝いて絶命した。

「茂兵衛ッ！」

家康が叫んだ。見れば大柄な武士が大刀を腰だめに構え、家康目がけて突っ込んでくる。

ダダダダダダ。

広い板の間を走るその目が血走っている。

その背後に、随員の野崎が絶命している姿が見えた。

野崎は相当な武辺者だ。その野崎を倒したからには、この大柄な武士も、それ以上にできると見ていい。顔と手に大けがを負い、身に寸鉄も帯びていない茂兵衛が、家康を守る方法は一つしかなかった。

茂兵衛は家康に覆い被さった。

グサッ。

茂兵衛と家康は無言で見つめ合った。家康の目が悲しそうだ。

背中に圧迫感があっただけで、さほどの痛みは感じなかった。ただ、左の下腹の辺りに七寸（約二十一センチ）ばかりの細長く光るものが見える。

（なんだこりゃ？　ああ、これ刀の切っ先だわ。ここに、こう飛び出してるってことは、俺、背中から串刺しにされたんではねェかァ。あ、こりゃ、死ぬなァ）

なんぞと呑気に思ったが、ことはそう簡単ではない。封鎖された月見櫓の最上階で八人の男が戦い、五人が死に、今茂兵衛も死にかけている。野崎と茂兵衛を倒した無傷の大柄な武士と年配で肥満した家康が二人きりで残される。

（殿様、殺《や》られるがね）

家康が死ねば、形勢は一挙に逆転、石田三成なり、前田利長《としなが》なりが指揮を執り、豊臣勢は江戸に攻め寄せてくるだろう。そうなったら案外、豊臣の先鋒を務めるのは、福島正則と加藤清正ら七将かも知れない。燃えさかる江戸の町を逃げ惑う、寿美と綾乃の姿が脳裏に浮かんだ。

（殺させねェ。俺は死んだとしても……殿様だけは、殺させねェ）

茂兵衛はゆっくりと振り向いた。大柄な武士と目が合った。瞬間、武士が一歩後ずさる。戦場で二百人以上を殺してきた茂兵衛の殺気に、気圧されたものだろう。しかも、その腹からは刀の先端がのぞき、ゆらゆらと揺れている。まさに羅刹。これぞ悪鬼。

「この野郎ッ」

茂兵衛は刀が貫通したまま、一声吼えて武士に躍りかかり、馬乗りとなり、全体重をかけて首を絞め始めた。

(殺してやる。おまんに恨みはねェが、俺も女房子供を守ってやらにゃならねェ。今家康公をおまんに殺させるわけにはいかねェんだよォ)

と、両手に力を込めていった。背後で家康が「殺すな茂兵衛、そやつは証人だら」と叫んでいるのが聞こえた。

(知るかい！　俺はアンタを守る。他は知らねェ。勝手にさせてくれ。どうせ俺はもうすぐ死ぬんだからよォ)

と、心中でまた吼えた。

封鎖していた板を破り、随員たちが駆け上がってきた。これでもう大丈夫だ。

(ま、思い残すことはねェわなァ。婿殿のお陰で、俺が死んでも植田家は安泰だァ。ええ人生だったわ。でもよォ。俺は殿様を守って死んでいくんだ。これ、加増されるんじゃねェか？　婿殿と綾乃にええ祝儀が残せるわ、へへへ」

そこまで考えたところで、茂兵衛の意識はストンと深い闇の中へと落ちた。

六

事件があった日の夜、増田長盛は、茂兵衛が生け捕りにした大柄な武士を尋問した。大柄な武士は酷く拷問され、夜半過ぎまでには悶死したが、死の直前に家康暗殺計画の全容を自白したという。家康暗殺計画——いかにも取って付けたような表題である。

増田がまとめた、大柄な武士の自白によれば、暗殺計画の実行者は、五奉行筆頭の浅野長政、五大老次席の前田利長の両名。黒幕は石田三成であるらしい。

誰もが「本当か？」「でき過ぎではないのか？」と疑いたくなるような話だ。

「や、豊臣家内の跳ね返り者がほんの数名、さしたる背景もなしに我が殿を襲っただけ……その程度の話ではねェのか」

「ま、豊臣家が背後におるなら、刺客は四人や五人ではなく、もう少し大人数で襲うわなァ」

と、徳川家の中でさえ、首を傾げる向きが多かったほどだ。

ただ、死人に口なしである。実際に家康を襲った実行犯が「確かにそう言った」と取り調べた五奉行の——つまり、豊臣方の——増田長盛が主張するのだから、反論の余地はない。

一部には家康の自作自演を疑う向きもあったが、それも考えにくい。自分の命を危うくするような策を、あの家康が採るはずがないからだ。

家康は、増田に申しつけ、手際よく浅野長政を捕縛した。

長政は石田三成や小西行長と犬猿の仲だという。家康は長政を「使える」と判断し、罪を着せて処刑するより、籠絡して「使う」ことに決めた。いったんは浅野家領地の甲府《こうふ》での謹慎処分とし、その後、家督を倅の幸長に譲らせた上で、武《む》蔵国府中《さしのくにふちゅう》に隠居させた。武蔵国は徳川領だ。己が監視下に置いて、ゆるゆると説得し、脅し、籠絡するつもりらしい。これで浅野長政も事実上、徳川方に与した形だ。一人また一人と秀頼の股肱《ここう》の臣は減っていく。

「ええか、ワシはなァ」

家康が、秀頼も淀君も不在の御対面所内で立ち上がり、拳を振り上げ、歩き回りながら声を荒らげた。増田長盛、前田玄以、長束正家らが神妙な面持ちで聞いている。

「豊臣家と秀頼公の御ために良かれと思い、はるばる大坂くんだりまでやってきた。ハハハ、その御褒美がこれでござるか、あ？」

皮肉たっぷりに、冷笑してみせた。うつむいて誰も目を上げられない。

「しかも宿舎は、日頃よりワシを目の敵にしておられる治部少輔殿の空き屋敷じゃ。いかなる仕掛けが隠されておるのやら、毎日、恐ろしゅうて夜も眠れぬわ」

と、居並ぶ三人の五奉行の一人一人に顔を近づけて吼えた。すでに徳川方についているはずの増田長盛までもが恐縮している。

「おお、そうじゃそうじゃ」

家康は広縁に歩み出た。庭園越しの右手に遠く大坂城西の丸の御殿群が望まれる。

「ワシは西の丸に住まわせて頂こう。利家殿も今はおられぬ。北政所《きたのまんどころ》様も京都新城へと移られたそうな」

前田利家の死以降、秀吉の未亡人である北政所が入居していたのだが、家康に因果を含められ、西の丸を出て京へと移った。

「現在、西の丸にはどなたも住んではおられぬようだし、ワシが住んでもどこからも故障は出まい。家康は西の丸から秀頼公を見守らせて頂くことに致す」

「し、しかし内府様……」

三十九歳の長束正家が、おずおずと声を上げたが、家康が制するように睨みつけた。

「嗚呼、我が身代わりとなって凶刃に倒れた植田茂兵衛は、さぞや無念であったろうなァ。先月、女の子が生まれたばかりであったそうな」

――大嘘である。もちろん、茂兵衛には娘など生まれていない。

「ワシはどうしても西の丸に入る。貴公ら、よもや不平不満はござらんな?」

家康の咆哮は続いていた。

「ぎ、御意ッ」

増田を含めた三人が同時に平伏した。最後まで淀君母子が姿をあらわすことはなかった。

九月二十三日、家康は大坂城西の丸に入り、そのまま居座ってしまったのだ。

相も変わらず、鬼神の如くに恐れられている本多平八郎が、一万の精鋭を率いて睨みを利かせている。ここへきて家康の恫喝外交が始まった。

慶長四年（一五九九）十月二日、家康は加賀《かが》前田討伐を発令。討伐軍の陣容には加藤清正、福島正則、黒田長政、藤堂高虎以下、細川、伊達などの有力大名が名を連ねていた。これでは、前田利長に勝ち目はない。

しかし、亡父利家の豊臣家への強い想いを知る利長は、負けを承知で家康と戦うべく、加賀国内に陣触れを出した。やる気満々だ。これを諫めたのは、前田利家の正室で利長の実母、於松《おまつ》こと芳春院《ほうしゅんいん》である。

「高徳院《こうとくいん》（前田利家）様が、槍と血で稼がれた加賀国を、貴方は守らぬと申されるのか？」

と、涙ながらに迫った。

「投げ出すと申されるのか？　それが孝行の道ですか？」

所は北陸加賀国、前田家の根拠地尾山城《おやまじょう》（後の金沢城）の本丸御殿である。

「しかし母上、父上が豊臣家を守るべく最後まで孤軍奮闘されたことを、拙者は伏見や大坂で実際に見聞きしておりまする」

「貴方は、奥村助右衛門の話を聞かなかったのですか？」

「や、あれは……」

利長は母から視線を逸らした。ここで芳春院は嘆息を漏らした。童の頃から、旗色が悪くなると視線を逸らす子であった。利長は今年三十九歳だ。誠実で心優しい正直者だが、母の目から公平に見て、古狸の家康と渡り合える力量はない。

「何故、高徳院様は家康公を刺されなかったのか？　そこをお考えなされ」

「や、その……」

「我が国が、朝鮮から兵を退いたのは、わずか一年前ですよ」

最後の部隊が海峡を渡ったのは昨年の十一月だから、厳密にはまだ一年も経っていない。

「家康公を刺せば、日本国は中枢を失って求心力がなくなる。また乱世に逆戻りじゃ。そこを明国朝鮮に衝かれたらなんとされる。亡き殿にあっては、その辺りを勘案なさった上での御自重であったと伺っております」

「ま、奥村はそのように申しておりましたなァ」

「大名も、五十万石を超えたら、己が家のことだけでなく、天下国家のことを踏まえて行動せねばなりません。貴方は何万石？」

「は、八十三万石にございます」

「嘆かわしい。しっかりなさい！」

「でも母上、もう遅うございますよ」

利長が目を瞬《しばた》かせて、母を拝むような仕草をした。

「内府様は前田家討伐をすでに決めておられます。今さら降伏しても、軍勢は攻め寄せて参ります。前田はどうせ滅ぼされます」

「そこは大丈夫。妾《わらわ》が江戸に参ります。村井又兵衛《むらいまたべえ》と二人、内府様の人質になります」

「えッ。又兵衛を江戸に？」

村井又兵衛は、前田利家の最初の家来である。前田家最古参の重臣《おとな》だ。信長の勘気に触れた利家が改易されたときにも、離れることなく忠誠を尽くした。前田家内における信頼と尊敬は、若い主人である利長を超える。

「もうすでに又兵衛にも、その女房殿にも、妾の方から話は通してある」

「な、なるほど」

さすがは芳春院、外堀はすでに埋められているようだ。

「では、そのように致しまするか？」

「当然です。前田家と日本国のために、貴方は内府様に和を乞うべきです」

「御意ッ」

従三位《じゆさんみ》権中納言が、老母に平伏した。

この件《くだり》――領国と国家の大事を憂う芳春院の美談とも受け取れるが、実際はもう少しキナ臭い話なのかも知れない。

芳春院の背後には、高台院《こうだいいん》こと北政所がいる。言わずと知れた秀吉の正室だ。二人は、清洲城《きよすじよう》下に住んだころからの付き合いで大層気が合った。明日をも知れぬ乱世を、女二人は協力して生き延びてきたのである。淀君との力の均衡上、家康に接近した北政所が「内府殿とは揉めるな」と芳春院に耳打ちした可能性は否定できない。そもそも、今前田家が家康相手に戦い、玉砕すれば、取りも直さず豊臣家の大損失となるだろう。北政所であれ、淀君であれ、豊臣の女性たちは誰も、前田利長の無謀な敢闘精神に困惑していたものと思われる。

翌慶長五年（一六〇〇）一月、遂に前田利長が屈服した。人質として実母の芳春院と村井又兵衛を江戸に送ることを徳川に確約したのだ。芳春院の江戸入りは、四月二十五日と決定した。

家康の極めて狡猾なところは、芳春院と村井を江戸まで護送する役目を、長束正家、前田玄以、増田長盛の五奉行衆に担当させたことである。拘引の根拠となる法度は、かつて秀吉が定めた惣無事令違反だ。これでは家康の一方的な権力濫用とは言えまい。実に狡い。

利家は死に、三成は隠居、浅野長政は徳川領武蔵国で蟄居《ちつきょ》、前田利長は全面降伏して母親を人質に送って寄越した。残る三人の奉行職のうち、増田長盛はすでに籠絡済みで徳川の味方だ。今や家康に不安材料はない。

「今回、北政所様と芳春院殿には、大きな借りができたがや」

芳春院江戸入りの当日、大坂城西の丸で家康が呟いた。

「残るは毛利、上杉、宇喜多、小西、大谷、長束辺りか……奴らには、今後冷や飯をたんと食わせて絞め上げてやるがね。音《ね》を上げて降参すれば許してもやろうが、もし三成を担いでワシにたてつくようなら、勿怪《もっけ》の幸いよ。握り潰して……一気に天下を我が物にする！」

鬼の形相で、家康が笑った。

終章　初孫降誕

昨今の家康は、嘘つきである。政治的に必要とあればどんな嘘もつく。長束正家ら奉行衆の前で「植田茂兵衛は死んだ」と言ったが、あれも大嘘だ。茂兵衛は生きている。

ただ、慶長《けいちょう》四年（一五九九）九月十日に大坂城《おおさかじょう》月見櫓で受けた三ヶ所の刀傷は、なにしろ酷かった。

（今まで幾度も死にかけてきたが、今回が一番酷いわ……俺も、もう若くないんやから、ええ加減にしてもらわんとかなわんがね）

一ヶ月《ひとつき》経っても枕が上がらず、豊臣家から差し向けられた御典医の施療を大人しく受けていた。当初は体が動かない。手足が岩のように重い。傷口からは乳白色の浸出液がジクジクと流れ出し、富士之介が晒布《さらし》を交換するそばから、また晒布を薄い黄色に染めた。

家康も平八郎も、幾度か見舞いにきてくれた。家康は、茂兵衛の忠誠心と勇気を激賞し、何度も加増を仄《ほの》めかしたが、婿殿に訊いても、まだそんな話は一切出ていないようだ。ま、期待しないで待つことにしよう。

一方、平八郎は男泣きするばかり。何も言わずに茂兵衛の枕元にドッカと座り、半刻（約一時間）ほど慟哭《どうこく》した後に帰っていく。それだけだ。

（まったく……俺の周囲は、変人ばかりだがね。生きてるだけで気苦労が絶えねエわ。嗚呼、ナンマンダブ、ナンマンダブ）

処方された薬は生真面目に服用していたのだが、それとは別に、私物の熊胆《ゆうたん》を毎日飲んだ。普通は胡麻粒ほどの大きさで十分効くのだが、命がかかっているので米粒大の欠片《かけら》を日に三度服用した。常人なら、飲み過ぎでなにか別の病《やまい》を患いかねないほどの分量だ。

その熊胆の過剰摂取の効果か、戦場で鍛え上げられた肉体の強さか、はたまた守護神守護霊のお陰かは知らず、いったん容体が好転し始めると、茂兵衛の回復は驚異的な早さを示した。

年が改まって慶長五年（一六〇〇）に入る頃には床上げを済ませ、おおむね普段の生活に戻れたのである。

顔には、鼻の辺りに横真一文字の大層醜い痕が残ったが、傷自体は膿むこともなく完全に治癒した。左手はまだ物をよく摑めないが、中指と人差指の間は繫がったし、ゆっくり掌《てのひら》を握ったり開いたりするぐらいはできる。問題は背中からの刺し傷で、やはりこれが一番重篤だったらしい。ただ、診察した御典医によれば、刀の切っ先は幸運にも太い血の管を避けて、腎臓や肝臓を微妙にかすめ、胃や腸を傷つけることもなく腹側へと突き抜けていたそうな。一つ間違えば、たとえ即死は免れても、やがて体力を落とし、内臓が腐り、悶え死んでいただろうと見立てられた。茂兵衛自身が、今までに数十、数百と見てきた、腹に傷を負った者の死への不可避的な道程である。

「いや……植田様はつくづく強運であらせられる」

僧体の御典医が、茂兵衛の手首を摑み、脈を取りながら呟いた。

(本当に強運だったら、そもそも刺されねェんじゃねェの？)

と、心中では反論したが、表面上はニコニコと頷いてみせた。なにせ、この御典医、ただのハゲ頭ではない。日頃は、淀君や高貴な女官たちの脈も取るそうな。相当な名医を派遣してくれたところにも、今回の事件に対する、豊臣側の当惑と困惑が見て取れた。

「もう一分(約三ミリ)逸れていたら、血の管を切っていたやも知れませぬ」

「で、強運なそれがしの手は、いったいいつ元通りになるのですかな?」

「それはつまり、手指を自在に動かせるようになるのはいつか、との御下問にござるか?」

「左様」

御典医は脈をとる手を離し、茂兵衛の目を見ながらフウと溜息を漏らした。

「安静にしておれば治る、動くようになるというものではございません。傷は塞がっているのですから、物を摑む鍛錬、手指を動かす訓練を日々繰り返されるべきでしょう」

「ほお、無理にでも動かした方がええと仰せか?」

「左様でござる」

「でも、動かすと酷く痛むのでござるよ」

「それは傷が痛んでいるのではござらん。妙な言い方だが、動かさない手を動かすと痛むのでござるよ」

「……よう分かりませんが」

「喩え話でござるが、長屋で毎日ゴロゴロしていた足軽を急に走らせたら、胸が苦しくなったとか、脚が痛むとか言い出しましょう。それと一緒。人の体は元来怠け者にござる。痛むからと動かさねばさぼる。衰える。而《しか》して後、硬直して本当に動かんようになりまする」

「な、なるほど」

さすがは豊臣家が誇る名医である。よく理解できた。

その日から、茂兵衛は左手を徹底的に動かし始めた。己が手指を「さぼり癖のついた足軽」だと思い厳しく活を入れ続けた。


禍福はあざなえる縄の如しというが、悪いことが起これば、いいこともある。

一月下旬、江戸《えど》では綾乃が男児を産んだ。茂兵衛にとっては初孫である。母子共に元気とのことで、まずは重畳。まずは祝着。

「貴方様に似ない、それはそれは美しい和子にございますよ」

寿美の手紙の文字が、浮き浮きと躍って見えた。

（ふん、寿美のやつ、俺に似てねェことを喜んでやがる。俺の面《つら》より、てて親の出っ歯が似たらどうするか、そっちの方こそ心配するべきではねェのか？　そもそもがよォ）

弥左右衛門が伏見《ふしみ》にやってきたのは昨年の閏三月七日のことだ。江戸から伏見までだいたい二十日かかるとすれば、三月の中旬には江戸を発《た》ったことになる。それ以後、婿殿は伏見に居続けたわけで、考えたくもないが、出発前夜に、もしや綾乃と最後の同衾をしたとして——

「ひい、ふう、みい……」

大坂城西の丸の居室で茂兵衛は指折り数えてみた。

「あ、十ケ月《とつき》と少しか……一応、計算は合うなァ」

当たり前である。

なんぼ綾乃が生意気かつ反抗的だと言っても、それは父親である茂兵衛に対する甘えの一環であって、己が亭主に対しては、貞淑かつ誠実な女房で——あって欲しいものである。

「伯父上、おめでとうございまする。弥左右衛門様、おめでとうございまする」

小六が満面の笑みで平伏した。

「御挨拶、痛み入るぞ。お前《め》ェからすれば、従妹が産んだ子に当たるんだな」

「そうなります」

「でも、なんて呼ぶんだい？　ハトコか？　イトコノコか？」

「ハトコはもう少し遠い間柄でしょうよ。イトコノコ？　聞いたことがございませんなァ」

「あの……」

遠慮がちに、イトコノコの父親が口を開いた。

「男の子の場合は従甥《じゅうせい》、女の子の場合は従姪《じゅうてつ》とか申すそうにございます」

「あ、そう」

「へえ、ジュウセイねェ」

「あ、あの……」

室内に、しばし気づまりな沈黙が流れた。

「すみません……偉そうに余計なことを」

弥左右衛門が赤面してうつむき、月代《さかやき》の辺りを指先で掻いた。

「や、謝ることたァねェ。ためになったよ」

「そうそう。よそで恥をかかずに済みますもの」

「……すみません」

茂兵衛は「この婿は当たりだね」と内心で喜んでいた。

もう十ヶ月も一緒にいるし、だいぶ慣れてきたものの、婿殿の態度にほとんど変化は見えない。付言すれば、酒に酔っても、多少口数が増える程度で、あまり変わらないのだ。

（初めだけ取り繕っているのかとも思っとったが、この婿殿は本物だァ。本物の好人物なんだわ）

頭はいいのにそれを鼻にかける風がない。目上にも目下にも、馬鹿とも利口とも分け隔てなく付き合える。基本、裏や表がない、真正直な男だ。

（そんなところを、ガキの時分から綾乃はジッと見ていたんだろうよ）

乱世では、好人物は損籤《くじ》を引かされることが多い。長生きできない。しかし、これからは戦がなくなる、乃至は少なくなるのだ。弥左右衛門の時代が来るのかも知れない。

（綾乃の男を見る目も大したもんだわ。本当、この婿は当たりだがや）

茂兵衛は目を細め、自慢の婿を眺めた。もう、出っ歯であろうがなかろうがどうでもいい。

さらに茂兵衛の周辺で吉事が続いた。木戸松之助《まつのすけ》が小姓として徳川秀忠に近侍することになったらしい。

かねてより茂兵衛は本多正信を通じ、松之助の江戸城本丸御殿への出仕を画策していたのだ。徳川の跡継ぎの小姓なら大満足である。初孫誕生と甥（実は実子）の奉職。喜びも一入《ひとしお》だ。

（これよォ。今回俺が殿様の楯となって大怪我を負ったことと、無縁ではねェのかも知れねェなァ）

ただでさえ戦《いくさ》のない時代だ。刀を失くすまで戦った挙句、主君の身代わりとなって凶刃を受けた。これは大武勲であろう。松之助が小姓の候補に挙がっていたから、取り敢えず「勇者の甥」ということで優遇されたのではあるまいか。

秀吉、前田利家が相次いで死んだ。老人が死に、赤子が生まれる。若者が新たにお役につく。旧体制は滅び、新しい体制が立ち上がる。これが人の世の摂理だ。

ただ、五十を過ぎた平八郎や茂兵衛は「滅びるべき側にいる」のも確かで、そう考えると少し寂しい。

「もう一仕事頑張って目途をつける。後事は綾乃や弥左右衛門、松之助に託して俺は後ろへと下がる。それでええがね」

茂兵衛は、左手指を右手で熱心に揉みほぐしながらポツリと呟いた。

（ああ、でもよォ。俺の人生の目途ってなんだ？　綾乃が男児を産んでくれたか

となると さ……）

ら植田家はしばらく安泰だァ。心配だった松之助もなんとかなりそうだ。

ひょっとしてもしかして、家康の天下獲りを見届けるのが、茂兵衛の人生の目途なのかも知れない。なにせ三十数年仕えてきた。最近ではめっきり悪人面が身についてきて、渋い顔ばかりしているが、もともとは血気盛んでよく笑う、いい男なのだ。家康のことを好きか嫌いかと問われれば、茂兵衛は躊躇なく「好きだ」と答えるだろう。人生の最後の最後に、家康が明るい笑顔を取り戻すのを見たい気がしなくもない。

慶長五年（一六〇〇）五月三日、大坂城西の丸にある茂兵衛の居室に、家康からの使者がきた。茂兵衛は二千石の加増を受けるらしい。これで十二ヶ村五千石の領主となった。吝《けち》な家康にしては気前のいいことだ。おそらくは小馬印が許され、堂々と侍大将を名乗れるだろう。ようやくここまできた。寿美が喜んでくれるはずだ。

本作品は、書き下ろしです。

協力：アップルシード・エージェンシー

双葉文庫

い-56-16

三河雑兵心得《みかわぞうひょうこころえ》

関ケ原仁義《せきがはらじんぎ》（上《じょう》）

2024年12月14日　第1刷発行

【著者】

井原忠政《いはらただまさ》

【発行者】

箕浦克史

【発行所】

株式会社双葉社

〒162-8540 東京都新宿区東五軒町3番28号

［電話］03-5261-4818（営業部）　03-5261-4831（編集部）

www.futabasha.co.jp（双葉社の書籍・コミックが買えます）

【印刷所】

中央精版印刷株式会社

【製本所】

中央精版印刷株式会社

【フォーマット・デザイン】

日下潤一

ISBN978-4-575-67220-6 C0193

Printed in Japan